Meiner lieben Maminka

Helena Sterzikova

Ahoi, Heluschka!

Bibliografische Information der Deutschen Nationalbibliothek:
Die Deutsche Nationalbibliothek verzeichnet diese Publikation in
der Deutschen Nationalbibliografie; detaillierte bibliografische
Daten sind im Internet über http://dnb.d-nb.de abrufbar.

© 2013 Helena Sterzikova

Satz, Umschlaggestaltung, Herstellung und Verlag:
BoD – Books on Demand

ISBN: 978-3-7322-2165-3

Inhaltsverzeichnis

Einleitung *7*

Ahoi, Heluschka!

Heimat *13*

Freiheit – Glück *38*

Abschied *62*

Ohne Heimat *69*

Das Ende – der Anfang *117*

Einleitung

Ich weiß nicht, woher die Wellen kamen. Es war ein Ozean, klar zu sehen, zur Rechten; es war windig und doch sehr warm – und waren dort leer geräumte Zimmer, Hektik, und plötzlich dieses Gesicht. Es war der Präsident, der amerikanische, dem ich noch nie begegnet war, gelegentlich nur als Zuschauerin vor dem Fernseher. Mich umwob eine faszinierende warme Geborgenheit. Eine herzliche, fast stumme Begrüßung entzog meine Gedanken aus der Tiefe. Die Frau zu seiner Linken war die Mutter des kleinen Mädchens an ihrer Seite, welches gerade das Laufen gelernt hatte. Nun stand diese Familie vor mir, Mutter und Tochter hatten Blicke nur für die neue Umgebung und waren mit der Eroberung der Räume beschäftigt, und nach einiger Zeit waren der Mann und ich alleine – keine Leibwächter oder die üblichen notwendigen Sicherheitsvorkehrungen. Wir benötigten keine Worte, um zu wissen, dass uns eine Ewigkeit verband. Dieser Gefühlsausdruck hatte nichts mit romantischer, ungezügelter Liebelei im Sinn. Wir gingen – ganz versunken in unser Gespräch – Wege entlang, die ich bis dahin noch nie in dieser mir bekannten Gegend gesehen hatte. Die Zeit verging. Es war so wohltuend, eine Entspannung breitete sich über meinen gesamten angespannten Körper aus. Plötzlich, der Präsident war ein kleines Stückchen, einen mit umgestürzten Balken und

Brettern übersäten Pfad, vorausgegangen, da brach aus ungeahnter Quelle eine große Welle auf den Mitwichtigsten-Mann-der-Welt los. Die schäumende, bedrohliche Wassermasse nahte mit einer monströsen Macht – ohne Hindernisse – ihrem verängstigten Ziel entgegen. Es kam mir wie eine Ewigkeit vor, als ich endlich diesen Mann erreichte, der noch immer wie angewurzelt dastand. Noch ehe das knurrende wilde Nass sein Ziel erreichte, konnte ich mit einem sensationellen Sprung ihn zur rettenden trockenen Seite stoßen. Wir lagen auf dem Boden, ein wenig körperlich entzerrt, unsere schreckhaft groß aufgerissenen Augen, unsere Blicke trafen sich. Als wir uns langsam erhoben, gegenseitig stützend, kamen wie aus dem Nichts dunkle Gestalten herbeigeeilt: die Bodyguards, und hinter uns die sinnliche Ruhe, das Rauschen des Meeres.

(Ein Traum aus dem vergangenen Jahrtausend, anno 1993.)

… das Rauschen der unendlichen Wogen, das schäumend salzig riechende Blau.

Mittelmeer, Riviera, die kleinen, malerischen grünen Inseln, noch immer Ruhe und Entspannung, Zuversicht der Freiheit der Meere, Tiere und auch Menschen. Der große afrikanische Kontinent, Casablanca: »Oh, Bogart, what a time, play it again, Sam!« Die mörderische Wüste, die aus dem Nichts sprießenden Oasen, der Nil, Tutanchamun, Israel, Gazastreifen und

Irak. Die Wirklichkeit holt meine Sinne ein und ich empfinde Traurigkeit, denn die Entwicklung hat mit Entsetzen in den letzten Jahren (vor dem Jahr 2000) gezeigt, dass eine kriegerische Auseinandersetzung sehr schnell und ohne Beachtung der menschlichen Würde zu entfachen beginnen kann, wenn Politiker und Industriemächte eine Geschäftspolitik betreiben, die jeder neuen bösen und machthungrigen Frucht Kraft zum Wachsen geben kann. Der Mensch muss lernen umzudenken, auch wenn es ihm von seiner genetischen Struktur nicht immer möglich ist. Er muss den Wohlstand und die ungerechte Verteilung des Überflusses auf ein Maß reduzieren, so dass die Kluft zwischen Arm und Reich überwunden wird. Wohlstand und Übersättigung, Reichtum und Armut, Bildung und Analphabetismus, dieses bedeutet, dass die »ärmeren« Völker immer unzufriedener werden, ein Befreier »entwächst« diesem Volk, der in einer atemberaubenden Schnelle die Masse in Hingebung und Massenhysterie dirigieren kann. Symbolisch wird dieses brutale Meisterwerk zum »Heiligen Krieg« erklärt. In der Geschichte der Kriege hat es grundsätzlich Veränderungen gegeben, nichts ist vollkommen. Selbst das eigene Leben besteht aus einem reinen Lernprozess – der Rebellion, des Dialoges, des Erfolges und des tragischen Schicksals –, und dieser wird sich durch natürliche Bedrohungen stetig weiterentwickeln. Warum sollte das Weltgeschehen davon ausgenommen sein?! Was können die Kinder dieser Welt für die Fehler ihrer Eltern,

Großeltern und aller anderen Generationen zuvor! Und doch wollen die Menschen alle nur das einzig EINE: die Erinnerung, das Gefühl, die Hingabe, die Zusammengehörigkeit, das Lachen und Weinen, die Zärtlichkeit und die L i e b e .

Ein tiefes Einatmen der taubenetzten, frischen Luft, der einsamen und doch friedvollen Stille lauschend und einen erhaschenden, sehnsuchtsvollen, schielenden Blick, welcher dich meint, und du bist so unendlich glückselig.

Auszüge aus Traum und Wirklichkeit, es folgt …

Ahoi, Heluschka!

Heimat

»Schätzchen, kommst du bitte ins Haus? Es gibt gleich Mittagessen!« Das war die Stimme meiner Maminka und sie klang wie immer so fröhlich, ausgelassen und jung. Ich gehorchte der Aufforderung und schritt mühsam den grasbewachsenen Berghügel hinauf. Unser Haus befand sich direkt am kleinen Hang; ich hatte es sehr geliebt, ganz besonders jedoch unser Schweinchen.

Ich kann mich noch erinnern an das weit vor mir liegende Land, Berg und Tal, welches sich wie eine sanfte Frühlingsmelodie dahinstreckte. Ich erinnere auch noch das wild bewachsene, voll unterschiedlicher Baum- und Pflanzenarten, kleine Wäldchen hinter unserem Haus, auf der anderen Seite unserer Sandstraße.

Es gab aber auch Zeiten voller Ängste vor der Natur und den Menschen.
»Ich sag dir eins: Wenn es dunkel wird, dann kommen die bösen Gestalten aus ihren Löchern und sind auf der Suche nach kleinen unschuldigen und ängstlichen Kindern, vor allen Dingen nach kleinen Mädchen!« Das war ein sehr böser Ausruf meiner Freundin, die ein paar Jahre älter war als ich, und ihre hinterhältigen Worte machten mir noch mehr Angst, als sie mit den anderen davonlief und mich alleine am

Hang stehen ließ. Bis vor einigen Minuten hatten wir noch fröhlich gespielt, auf der hochgewachsenen wilden Wiese überschwänglich herumgetollt. Als ich aufsah und den in der Luft wehenden wuscheligen, blonden und dunklen Haarschöpfen mit den kaum noch erkennbaren Körpern darunter hinterhersah, blickte ich wie gebannt zu dem leicht dämmrigen Himmel empor. Ich mochte kaum meine Augen senken, denn ich hatte plötzlich Angst vor der Dunkelheit, die schon in meiner Vorstellung Platz eingenommen hatte. Nach einer Weile des stillen, abwartenden Hockens auf meinen Knien konnte ich mich doch noch dazu durchringen, meinen Körper in Bewegung zu setzen. Und da sah ich auch schon die große schwarze Gestalt eines Mannes – er war oben auf dem Sandweg unterwegs! Wie versteinert starrte ich in die Richtung, aus der der Mann gekommen war, und meine großen blauen Kinderaugen folgten den Schritten des Mannes, der mit allergrößter Wahrscheinlichkeit nur gekommen war, um mich zu holen. Das hatte mir jedenfalls meine Freundin prophezeit. Wie sollte ich mich in Sicherheit bringen?, war mein blitzartiger Gedanke, der mich aus meiner Erstarrung herausriss. Bevor ich überhaupt eine klare Entscheidung treffen konnte – und ich war damals gerade drei Jahre alt –, stemmte ich meine wonneproppigen kurzen Beine die Anhöhe weiter hoch und immer weiter hoch, die Angst und den Willen, vor dem »Bösen« an der Gartenpforte zu sein. Die Furcht saß mir in den Gliedern und ich näherte mich mehr und mehr der Gestalt, die genauso zu laufen schien – wie ich. »Warum lässt er mich nicht zufrieden?! Ich will heim!«, mein bittender Gedanke. Der dunkle Blick des Mannes bohrte sich in meine Augen, und dann schrie ich, so laut ich nur konnte: »Maminka! Ich bin da, mach die Tür doch auf!« Und im selben Moment öffnete ich die Pforte zu unserem Grundstück. Ich war noch nicht in Sicherheit, denn der Mann mit dem langen schwarzen Mantel und dem dunklen Hut, welcher mit seiner Krempe seine Augenbrauen berührte, befand sich auf gleicher Höhe mit mir auf dem Sandweg und blickte ein wenig verwundert zu mir hinüber. »Gleich wird er nur einen kleinen unauffälligen Erwachsenensprung machen und nach meiner zittrigen kleinen Hand greifen, mich wegreißen und ohne großes Aufsehen davonschleichen. Keiner, aber keiner wird es bemerken, da der nächste Nachbar um viele, viele Waldecken wohnt, noch weiter den Hang hinauf. Niemand wird mein Verschwinden bemerken«, fantasierte ich mir zurecht. Während dieser inneren aufgewühlten Unterhaltung rannte ich, so schnell ich konnte, zur lebensrettenden Haustür und den Mann immer in meinem Blickfeld, der überhaupt keine Anstalten machte, mich zu entführen. Er ging weiter schnellen Schrittes den Weg nach oben entlang und ließ mich zappeln. »Er wird mich im letzten Moment schnappen«, dachte ich. »Aber ich bin schlauer als er. Ich werde schneller an dieser verdammten Tür sein als er an meiner zarten Kinderhand, die ihm ohnehin das Gesicht zerkratzen würde, würde er es nur wagen, mich zu berühren!«

Ich musste wie ein aufgescheuchtes Huhn ausgesehen haben: Staub hinter mir herwirbelnd – was für ein Bild! Die Tür endlich erreicht, trommelte ich wie wild gegen diese und hoffte, dass sie sich wie ein Wunder öffnen würde. »Maminka, bitte, bitte mach schnell die Tür auf, bitte, aufmachen!« Ich war so verzweifelt und befürchtete, alles würde zu spät sein, doch in jenem Moment wurde wie durch Engelshand das rettende Familientor geöffnet. Meine Maminka stand groß vor mir und fragte einfühlsam und erstaunt: »Ja, was ist denn nun, Heluschka? Ich bin schon da.« Und im gleichen Augenblick sah ich triumphierend zu meinem Verfolger hin. »Die Chance hast du vertan, dich skrupellos eines kleinen ängstlichen und unschuldigen Mädchens zu bemächtigen.« Und ohne mit einer seiner düsteren Wimpern zu zucken, ging er des Weges weiter entlang. »Nichts ist … habe es … nur ein wenig eilig … danke«, antwortete ich stotternd. Seitdem hatte sich keiner der großen finsteren Gestalten getraut, sich in meine Nähe zu wagen. Denn von diesem Tage an war dieses Erlebnis wahrscheinlich in deren Welt wie ein Lauffeuer verbreitet worden. Ohne ein weiteres Wort betrat ich stolz meine ach so geliebte kuschelige Welt.

Spannende und aufregende Erlebnisse ließen mein kleines Herz manchmal schon zum Jubeln bringen – es war eine heitere Zeit.

Jedes Mal, wenn meine Eltern mit dem Motorrad kurze Einkäufe zu erledigen hatten, stürzte ich mich wie wild in Vorbereitungen, die nur notwendig waren, wenn die Familie einen ausgedehnten Ausflug in Angriff nehmen wollte. Das Haus, welches zum damaligen Zeitpunkt eher einer Baustelle glich – der Alterungsprozess auch an diesem guten Stück nicht vorbeigegangen war – gehörte nun ganz alleine der kleinen Hausdame, nämlich mir! Ich lief eiligen Schrittes in das Schlafzimmer meiner Eltern, wo auch mein unauffällig kleines Bettchen stand. Nun konnte ich mit der üblichen Maskerade beginnen. Ich öffnete die gewaltigen Türen meines Schrankes – oder war es gar der Schrank der gesamten Familie? – und richtete meinen Blick auf all die schönen Sachen, die dort hingen oder lagen. Nun entfaltete sich meine Fantasie. Verschiedene Kleidungsstücke entnahm ich behutsam dem riesigen Wesen und veranstaltete regelrecht eine Kostümvorstellung, nachdem ich den großen, mit dunkelrotem Samt bespannten Stuhl aus der Rumpelkammer herangeschleppt hatte. Das grüne Kleid mit den weißen Punkten erschien mir gut zu den weißen feinen Lackschuhen, die erst einmal gefunden werden mussten, da Maminka diese in Sicherheit vor Staub und natürlich auch vor mir gebracht hatte. Warum vertrödelte ich nur so viele Unendlichkeiten, um mich hübsch zu machen? Die Erwachsenen jonglierten mit so einer Schnelligkeit, die für mich schon beinahe unwirklich war. Irgendetwas, dachte ich damals, war verkehrt gelaufen bei der Planung der Kleinen und Großen. Also, um zu dem

Spiegel zu gelangen, bezwang ich die Prozedur mit dem schweren unbequemen Stuhl. Als die Modefrage geklärt war und ich mit meiner Erscheinung ausnahmslos zufrieden war, wurden die Haare frisiert und die nicht mehr benötigten Dinge wieder an deren ursprüngliche Plätze zurückgebracht. Die Ohrringe, die mit den kleinen, wunderschön goldglänzenden Herzen, durfte ich auch nicht vergessen! Ich dachte, kleine Ladys sehen immer so schön und kokett aus, und dazu gehörte auch Schmuck, ganz berauschender. Jeder dieser Augenblicke war sehr aufregend, spannend, aber auch anspannend, da ich mir nie genau sicher sein konnte, wann meine Eltern heimkehrten. Manchmal hörte ich Geräusche und hielt inne in meinen Bewegungen, um mich zu vergewissern, dass ich mit meiner heimlichen und ungezügelten »Kostümerei« fortfahren konnte. Es war ein erlösender, kribbelnder Moment. Ich wurde nie erwischt! Niemals hatte ich Probleme, die passenden Röcke, Kostüme, Kleider, Jacken und Schuhe zu finden, es war immer genau das da, was ich mir so ausgedacht hatte. (Wahrscheinlich war meine Kinderfantasie so beflügelt, dass ich das Gefühl hatte, der Kleiderschrank beherbergte unendlich viele Kleidungsstücke; in Wahrheit war die Auswahl gering.) Zum Schluss kam dann die Krönung: Die Hände und das Gesicht wurden auf Hochglanz gebracht, die Fingernägel auf sandige Überreste überprüft und die halblangen dunklen Haare nochmals leicht und locker durchgekämmt. Ein letzter distanzierter Blick in den Spiegel, die Haare nochmals korrigiert, und nun konnte ich den langen weiten Weg antreten.

Als ich dieses Vorhaben das allererste Mal unternahm, war ich noch ein wenig zögerlich und ängstlich, aber auch motiviert, dieses Spiel zu beginnen. Am Anfang war mir anscheinend noch nicht klar gewesen, wie ich auf die Straße gelangen sollte. Mittlerweile wurde alles zur Routine. Beim ersten Versuch wollte ich dummerweise durch die Haustür nach draußen gelangen, doch dann wurde mir eindeutig und unmissverständlich von der Tür signalisiert, dass ein Durchkommen an ihr nicht möglich war. – Palasttür war verschlossen! – Ich stand da, steckte meinen Zeigefinger leicht in den Mund und überlegte, wie ich aus diesem menschenleeren Haus entfliehen konnte. Es musste doch einen Schlupfwinkel geben, einen, den noch keiner vor mir entdeckt hatte, der ganz und gar alleine mir vorbehalten war.

Zuerst lief ich in Windeseile zum Dachboden hinauf – obwohl dort zu entkommen sehr leichtsinnig und gefährlich gewesen wäre –, dann in jedes Zimmer im ersten Geschoss und im Parterre, danach eiligst in den fröstelingen Keller, wo wieder das riesige »Wasserloch« auf mich lauerte. Im selben Augenblick, als ich zum Loch hinuntersah, trat ich ein paar besonnene, zittrige Schritte rückwärts, weiter und immer weiter, und als ich im hellen Flur stand, umklammerte meine rechte Hand den Türgriff, und mit einem gewaltigen Knall warf ich die Tür ins Schloss. »Nein, dort möchte und will ich nicht hindurch, ich versuche einen anderen Weg. Es muss einfach einen geben!« Dies waren die verzweifelten Gedanken damals. Zur Aufgabe war ich nicht bereit, mein Wille war ungebrochen! Und dann die rettende Blitzidee: »Ich steige durch eines der Fenster raus! Genau, das ist es!« Meine kleinen Gehirnzellen hatten heftig und lange zu überlegen, das richtige Terrain aufzuspüren, um nicht entdeckt zu werden. Natürlich verirrten sich selten vorbeifahrende Radfahrer oder einfache Reisende in unsere abgelegene Gegend da oben, eine Begegnung wollte ich jedoch vermeiden. Ich entschied mich eindeutig für das Fenster zum Sandweg, durch Bäume und die kleine Hütte genügend geschützt. Angespannt und fast atemlos öffnete ich das Fenster, auf Zehenspitzen stehend, und weder Widerspenstigkeit noch Knarren des Fensters verrieten mein verdecktes Vorhaben. Ein prüfender Blick zurück, dann ein großer Ruck, der Sprung, und ich lag unten auf dem sandigen Boden. Meine Augen schauten nach oben, der erlösende Ausschlupf ist gewaltig hoch gewesen, »mindestens 1 ½ Meter«, meinte ich zu schätzen. – (Na ja, was ich wohl damals dachte in Relation zu meiner Körpergröße? Die Übertreibung ist ein Geschenk an die Kinder, nicht an die Erwachsenen!) – Noch im Rausch des Sprunges richtete ich mich auf und schloss das Kippfenster mit jonglierendem Eifer, die Arme weit ausgestreckt und die Schuhspitzen tief in den Mutterboden einbohrend. »So, das war's dann«, waren meine festen Worte und ich klopfte den Staub von meinem Kleid. Und von diesem Tage an war der »Fluchtweg« immer derselbe. Auch an jenem Tag: Mit dem gepunkteten Kleid und einem superguten Gefühl in meinem Herzen sprang ich artistisch und kühn in die Tiefe hinunter. Schwupp!, stand ich wieder auf den Beinen, säuberte mein Kleid, die Schuhe und hob die zu Boden gefallene Jacke auf, strich einige sandige Körner ab. Eine seichte Anspannung meines gesamten Körpers, kurze Konzentration auf das, was ich in Angriff nehmen wollte, und schon marschierten meine Füßchen in Richtung Tal und natürlich zu meinen Großeltern, oder auch nicht, das wollte ich noch auf dem Weg nach unten entscheiden. Das Wetter war an jenem Sommertag wieder wunderschön, ich konnte das Gras der frisch gemähten Felder in der Luft riechen. Es war königlich schön, so dass ich mit einem warmen Lächeln auf den Lippen den staubigen Weg aufnahm. Vorher legte ich, wie ich es bei Maminka gesehen hatte, meine Jacke um meinen linken angewinkelten Arm. Mit Stolz über mein Äußeres, Freude über den schönen Tag und der Genugtuung, dass ich alles, aber auch alles selbstständig auf die Beine gestellt hatte, führte mich mein Weg an die kleine Gabelung. Ich strahlte so voller Glück. Doch plötzlich verzerrte sich mein Gesichtsausdruck. »So etwas Dummes, nun kommen auch noch die Eltern zurück.« Einfach so, nach all der Mühe, Freude und Zielstrebigkeit sollte alles umsonst gewesen sein? »Nein, ich verschwinde in die andere Richtung, auch von dort komme ich zu meinem Ziel.« Beim näheren Hinsehen entdeckte ich nur meinen

Tatinek auf dem Motorrad und er hatte mich sicherlich noch nicht entdeckt. Ich versteckte mich hinter dem hochgewachsenen Gras und beschloss, noch ein wenig abzuwarten, bis das Motorengeräusch sich weiter von mir entfernte. Nach einer Weile sprang ich auf und lief so schnell ich konnte weiter ins Tal hinunter. »Puh, nochmals davongekommen«, sagte ich laut, so dass es jeder Maulwurf und auch jeder vorbeiziehende Vogel hätte hören können. Der lange Lauf hatte mich ganz schön aus der Puste gebracht, und so ließ ich mich, innerlich amüsierend, ins unberührte Gras nieder. So schnell hatten mich meine Füße noch nie getragen. Überwältigt von dieser ungeheuren Kraft, stemmte ich mich mit einem bis dahin noch nie gekannten Selbstvertrauen auf und startete erneut. Von weitem sah ich den kleinen friedvollen, goldglänzenden See zwischen den mit roten Blüten bewachsenen Büschen und den großen Eichen ruhen. Die Vögel zwitscherten so ausgelassen, dass ich pfeifend und mit strammen Schritten weiterging, schon in Gedanken bei den Großeltern, mich mit baumelnden Füßchen auf dem alten Stuhl sitzen sah. »Und wen sehe ich nun?« Angewurzelt blieb ich stehen. Meine geliebte Maminka erschien mir als kleiner Punkt im Tal, deutlich erkennbar. Kein Zweifel. »Warum nur gehen sie getrennte Wege nach Hause? Es haben doch beide Platz auf dem Motorrad!« Ich war ein wenig erbost über diese Hinterhältigkeit. Sie können mir absolut vertrauen. Wenn ich nicht zu Hause war, dann würde ich mich entweder bei den Großeltern oder den Nachbarn aufhalten. Und wenn ich nirgends aufzufinden war, dann würde ich früher oder später im Hause wieder auftauchen. Ich musste meine begonnene Sache zu Ende bringen! Also weiter das Versteckspielen, und wieder flog ich nicht auf. »Ich habe es geschafft, nur noch über die Bahnschranke – brr, ungerne, aber schnell –, einige Straßen weiter und ich bin am Ziel.« Ohne Kratzer, schick gekleidet wie für einen sonntäglichen Ausflug und glücklich über mich selbst, kam ich an. Dieses Ausgehvorhaben hatte mich den ganzen Nachmittag über in Atem gehalten, mit Spannung, dem vorzeitigen Auffliegen und dem endgültigen Erfolg! Auf mein Klopfen wurde mir die Tür geöffnet: Babitschka strahlte und freute sich bei meinem Anblick. Ich drückte ein Küsschen auf ihre dicke weiche Wange und schwang mich siegesbewusst auf den Stuhl, nachdem ich meine Jacke abgelegt hatte. Es würde sicherlich gleich ein großes Schmalzbrot für mich geben. »Hast du auch schön den Haustürschlüssel eingesteckt?« Die große besorgte Frage, und ich antwortete ganz ehrlich und strahlend: »Ja, selbstverständlich, Babinka!«

So verging kein Tag, ohne dass ich neue Entdeckungen oder schmerzliche Erfahrungen machte.

Einmal vermisste ich unser kleines süßes schwarzes Kätzchen. Ich war sehr traurig gestimmt und fragte unnachgiebig meine Eltern nach ihm. Mir wurde schon ganz unheimlich bei dem Gedanken, ihm könnte etwas Furchtbares zugestoßen sein. Nur nicht meiner Kleinen! Keiner der Großen hatte eine Antwort auf meine wildesten Vermutungen – weder meine immer allwissenden Eltern noch die Nachbarn. So beschloss ich, meine engste Vertraute, nämlich meine Tante, um Rat zu fragen. Nachdem ich mich – wie mir strikt auferlegt wurde – von meinen Eltern verabschiedet hatte, rannte ich so schnell wie ich konnte den kürzesten Weg hinunter ins Tal (trotz der gefährlichen Zone). Ich hatte Glück, Krista anzutreffen, denn sie war gerade drauf und dran gewesen, sich auf den Weg zu ihren Freundinnen zu machen, zu den albernen 11-Jährigen! »Das hat jetzt Zeit!«, erklärte ich ihr mit schneller, noch vom Laufen gezügelter Stimme. Krista, so hieß nämlich meine fröhliche, immer zu Scherzen aufgelegte Tante. Ja, das war sie, und ich war mächtig stolz auf sie, wenn wir durch die Straßen unseres Städtchens liefen, um wieder einmal etwas Verbotenes zu machen. Eigentlich war sie meine liebste Spielkameradin. Auch wenn sie einige Jahre älter war und schon ganz andere Dinge im Kopf hatte, plagte uns niemals Langeweile. Wir streiften durch die nahe gelegenen Wälder, beobachteten die Tiere bei ihren spaßigen, ausgelassenen Kämpfen, kletterten auf manch so abenteuerliche Weise auf den verkrüppelten morschen und spitzen Ästen der Bäume herum und hatten riesigen Spaß, neue, unerforschte Dinge zu entdecken. Es entstand niemals Monotonie und wir gingen gemeinsam durch Dick und Dünn. Ich kann mich noch erinnern: Eines Tages holte mich Krista wie immer ab und wir liefen an diesem heißen Sommernachmittag zum See hinunter. Sie war diesmal sehr schweigsam und ich traute mich nicht, sie ein kleines bisschen zu fragen, was die Geheimnistuerei sollte. Manchmal gab es solche unausgesprochenen Momente und ich wusste, dass es besser war zu schweigen. Diese Ausstrahlung hatte sie unübertrefflich auf mich. Doch niemals hörte ich bösartige Worte aus ihrem Mund. Wir waren also am See angelangt und Krista lief zielstrebig hinter ein Gebüsch und kicherte. Kurz vor dem Gesträuch blieb ich stehen und schwieg, denn ich hatte keinen blassen Schimmer von dem, was sie dahinter verloren hatte. »Warum nur dauert es so lange?«, rätselte ich im Stillen. »Was machst du so Geheimnisvolles hinter dem Strauch?«, rief ich ihr zu. »Ach, gar nichts Bestimmtes, gehe nur schwimmen.« Und ehe sie dieses ausgesprochen hatte, sprang sie splitterfasernackt hervor und mit einem Satz in das kühle Nass. So schnell konnte ich dem ganzen Geschehen nicht folgen und hatte Mühe, nicht direkt auf den Körper meiner Tante zu schauen. So eine weiße, glatte und schöne Haut hatte ich bis dahin noch nie gesehen und einen kleinen Busen hatte sie auch schon. Ein wenig irritiert starrte ich auf die wellige, sanft kreisende Stelle auf dem Wasser. Es hatte mir die Sprache verschlagen. »Hallo, was ist los mit dir, Heluschka?«, hörte ich zwei andere Mädchen rufen. Auch sie waren ganz ohne Badekleidung schwimmen gegangen, denn das Wasser war so klar, um »es« nur aus einigen Metern Entfernung erspähen zu können. »Los, komm auch rein, es ist so herrlich

kühlend und die kleinen Fische um mich herum kitzeln so angenehm, dass ich ewig hier drinnen bleiben möchte«, argumentierte Krista, die schon an meinem Gesichtsausdruck den mich befallenden Schock bemerkte. »Du, Krista … weißt du, ich hab … heute keine Lust zum Schwimmen, vielleicht ein anderes Mal«, erwiderte ich ausweichend. Schon sah ich ihre Augenbrauen sich zu spitzen Pfeilen zusammenziehen, und mir wurde klar, sie würde nicht aufgeben, bis ich im seichten Wasser hineingetaucht wäre. Also schwamm sie ein wenig Richtung Ufer, erhob sich und stand nahe genug an mir, bis zur Taille im Wasser, um nicht schreien zu müssen. Mir war so, als ob sie im Begriff war, mich hineinzuzerren, aber sie meinte nur ganz gelassen: »Komm, sei kein Feigling, es sieht dich doch keiner.« Ich ging einige Schritte ruckartig und verängstigt rückwärts, ehe sie den Satz beendet hatte, Angst, jemand könnte dem Schauspiel beiwohnen. Ehrlich, es war mir damals schrecklich peinlich und unangenehm und ich wollte um keinen Preis der Welt dieses zugeben. Meine gekonterte und leicht bebende Antwort: »Krista, ich trau mich nicht, weil … ich einfach noch nicht schwimmen kann. Und ich glaube, das Beste ist, wenn ich heimgehe.« Kaum ausgesprochen, drehte ich mich anmutig um und rannte wieder einmal mit einer ungeheuren Dynamik gen Heimat. Ich hörte nur noch schallendes, helles Mädchengelächter hinter mir. Dieses war nicht unbedingt meine Glanzleistung gewesen!
Nun stand ich aber noch immer vor Krista, und ihr

Entschluss, sich für mich und mein Kätzchen zu entscheiden, umwob mein Herz mit so viel Dankbarkeit, dass ich hochsprang und ihr einen dicken Kuss auf ihre rote Wange gab. Sie zog sich eilig ein Jäckchen über, und schon waren wir auf dem Weg in den Wald, denn dort wollten wir anfangen zu suchen. Ja, Ideen hatte sie schon tolle! Zügig und konzentriert, schweigend nebeneinander hergehend, ab und zu den Namen »Kätzchen« rufend, hofften wir, es zu finden. Es war unerträglich, die schweißgebadeten Hände, das Hämmern in meinem Kopf und stetig der Gedanke, es wäre nicht mehr unter uns. Ein Rascheln im Gebüsch ließ unsere Köpfe ruckartig in die Richtung drehen, unser Atem und unsere Füße stockten, unsere Blicke trafen sich fragend. Langsam schlichen wir uns heran, knieten nieder, und im gleichen Moment knackte dummerweise ein Ast unter meinem Gewicht zusammen. »Kricksch!«, und schon sprang das Etwas an uns vorbei. In diesem Augenblick hoffte ich, meine Süße in die Arme zu schließen, aber als ich hinterhersah, mit dem leichten Ausruf »Kätzchen!« auf den Lippen, fiel ich traurig und enttäuscht zu Boden. Es war nur ein Eichhörnchen, welches in Windeseile auf einen Baum kletternd davonlief. Krista gesellte sich mit hängenden Schultern zu mir und meinte, wir würden das kleine Kätzchen finden. Natürlich würden wir das! Ich seufzte ein wenig und überwand meine Traurigkeit mit der Zuversicht, es zu finden. Und schon sah man uns »Kätzchen!« rufend, lockend, bückend, hüpfend, von einem Baum zum anderen laufend.

Es vergingen Stunden, bis wir völlig erschöpft vor meinem Elternhaus standen, mit klopfendem Herzen, sie dort anzutreffen. Als wir uns umdrehten, um die Gewissheit zu haben, dass Kätzchen uns vielleicht gefolgt war, sahen wir die Dämmerung langsam herannahen. Armselig ließen wir den Kopf hängen, unsere Schultern waren schwer geworden, die Füße brannten, und doch hatten wir die Hoffnung nicht aufgegeben. Ein traurig fragender Blick vermochte auch die Eltern nicht dazu, uns die Unwahrheit zu sagen: »Es tut uns leid, sie ist nicht zurückgekehrt.« Der uns gereichte kühlende Saft tat so gut, und als ich so dasaß, liefen die letzten Stunden wie im Zeitraffer an meinen Augen vorbei, und da war dann der explodierende Gedanke! Wir hatten zwar im ganzen Haus nach dem Kätzchen gesucht, aber einen Teil hatten wir vergessen: den Keller! Ohne dass ich meine Gedanken laut aussprach, sprang ich vom Stuhl, kam ein wenig ins Stolpern, fing mich wieder und rannte zielstrebig der Kellertür entgegen. Doch in jenem Augenblick, als meine Hand die Tür zu öffnen schien, stieg die Furcht vor dem riesigen Loch in mir hoch. Krista, die mir getreu gefolgt war, schaute mich fragend an, Maminka und Tatinek direkt hinter mir stehend. Es ähnelte einer Versammlung, wie wir alle erwartungsvoll dastanden. Ich schluckte, um gegen meine grässliche Vision anzukämpfen, dann öffnete ich die Tür und ging langsamen Schrittes Stufe für Stufe hinab. Hinter mir wurde das schwache Licht eingeschaltet, denn ich vergaß es vor lauter Aufregung. Der Keller war kalt, schaurig und nass, die Wände grau und ebenfalls kühl. Ich dachte, alle würden meinen schnellen, rasenden, lauten Herzschlag hören. Ich ballte meine Hände zu Fäusten, um dem bösen Ungewissen entgegenzuwirken. Ein Trost: Ich war nicht alleine. Als ich die letzte Stufe erreichte und ganz leise den Namen meiner Katze ausrief, führte mich mein Blick zum großen Loch. Noch ehe ich richtig begriff, packte mich Tatinek am Arm und zerrte mich zurück, und ich hörte nur noch Kristas grellen Schrei: »Kätzchen, warum nur, warum nur?!!« Und ich ganz leise und mit undurchdringlicher Traurigkeit: »Du hättest doch wissen müssen, dass es dich verschlingt.« Da schwamm sie nun, auf der Oberfläche des Wassers im Loch, sie miaute nicht, sie war ... tot! Tatinek fischte sie heraus, nachdem wir mit bedrückter Seele den Keller verlassen hatten. Krista und ich hielten uns in den Armen und weinten, weinten, bis Maminka sagte, es sei Zeit, Krista nach Hause zu bringen. Ich erinnere heute nicht mehr genau den Ablauf des Abends, ich wusste damals nur, dass ich ohne Kätzchen war und sie mir sehr fehlen würde. Später erfuhr ich, dass die Kleine unter den kleinen Spalt der Kellertür hindurchgeschlüpft war und, ohne zu ahnen, was auf sie lauerte, direkt ins Wasser stürzte. Sie hatte verkrampft versucht, verzweifelt sich aus dem verdammten großen

Bodenloch zu befreien. Sie hatte leiden müssen, bis sie starb, und ich hatte ihr Hilfe-Miau nicht gehört!

Am nächsten Morgen, Krista und ich die frische Milch trinkend, beschlossen wir, Kätzchen zu begraben. Mit allem, was dazu benötigt wurde, ausgestattet, beluden wir den Bollerwagen, »sie« obenauf, bedeckt mit einer wolligen Decke. Wir schlugen in Richtung Wald ein und suchten nach einem geeigneten Plätzchen. Dort hinten, dachten wir, würde es ihr am besten gefallen, von dort aus würde sie einen wunderbaren Ausblick über die Wiesen und Felder bis hinunter zum Tal haben. Eifrig gruben wir ein Loch, legten Kätzchen sanft hinein, und ein aus kleinen weichen Ästen zusammengebundenes Kreuz steckten wir auf den kleinen Hügel. Es verlief alles ohne Worte, nur unsere Augen starrten traurig und unsere Herzen weinten bitterliche Tränen. Dann knieten wir nieder, falteten unsere Hände zum Gebet und jeder sagte glorreiche Worte zum Abschied. Eine unbeschreibliche, bis dahin noch nie gekannte Traurigkeit umgab den Ort und den Wald rings um uns herum, als wir den milden Wind an unserer Haut spürten. Mit lustlosen Schritten verließen wir unser Kätzchen. Einige Tage später war die Welt wieder voller neuer wundersamer Begegnungen, doch unser Kätzchen besuchte ich jeden Tag und sprach zu ihm zärtlich: »Du fehlst mir sehr!«

Es wurde wieder einmal Winter, ich glaube, es war der vierte damals für mich. Maminka weckte mich ziemlich früh und sagte eifrig und sehr geheimnisvoll: »Komm, steh auf, wir machen uns auf den Weg.«

»Wohin?«, wollte ich stammelnd wissen, und sie wollte es mir allen Ernstes nicht verraten. Tatinek war schon zur Arbeit aufgebrochen. Ich wusste nicht, was mich erwarten würde, aber es musste etwas sehr rauschhaft Amüsantes sein. Ohne Widerrede zog ich die bereitgelegten Sachen an, und zu allerletzt, nachdem wir gefrühstückt hatten, kuschelte ich mich in meinen wunderschönen dunkelroten Teddymantel hinein. Toll, nun machten wir uns auf den Weg. Meine Neugierde konnte ich den ganzen Pfad über nicht zügeln und Maminka hatte Schwierigkeiten, sich nicht zu verraten. Es hatte noch nicht geschneit, aber die Luft roch schon danach, und es würde nicht mehr lange dauern, bis die ersten Flocken die Berghänge, Wälder und Felder übersäumen würden. Diese Tage waren die wunderschönsten im Winter, wo alles um mich herum langsam weiß eingekleidet wurde. Jedoch an diesem Tag spürte ich eine winterliche Frische, die Blumen hatten schon längst aufgehört zu strahlen, die Blätter waren von den Bäumen gefallen und lagen da, feucht, würzig riechend auf Mutter Erde. Ich fühlte mich richtig stark und atmete die wohltuende kühle Luft in mich hinein. Eine Abkürzung machte uns den Marsch ein wenig beschwerlich, denn überall ragten die hochgewachsenen Wurzeln der Bäume meinen Schuhen zum Kampf entgegen und die Sträucher schlugen mir ab und zu ins Gesicht. Aber ich war dieses gewöhnt, wenn ich mit Maminka von einem Ort zum anderen ging. Fasziniert fragte ich mich, ob auch andere diese prächtigen Abkürzungen kannten oder ob es Maminkas Geheimpfad war, denn wir trafen absolut niemanden, wirklich keinen einzigen Wandersmann! Maminka führte mich oft diese Feenwege entlang. Auf meine Frage erhielt ich niemals eine Antwort, nicht mal eine stumme. Als wir nach ungefähr zwei Stunden aus der wildbewachsenen Anhöhe aus dem Wald heraustraten, sahen wir im Tal ein Feld nach dem anderen und auf jedem dieser Felder standen Häuser. Es war ein fantastischer Ausblick, alles sah so friedlich und unberührt aus und die Sonne schien so stark, dass jeder Farbtupfer der Natur doppelt so intensiv wirkte. Dort unten das Haus sollte es sein und es sah sehr einladend aus. Eine herzliche, fröhliche und innige Umarmung holte mich aus meinen Gedanken heraus, die Eindrücke noch sammelnd. Ich blickte in die wunderschönen Augen einer jungen Frau. Gemütlich und warm war es in dem Haus und es roch nach frisch gebackenen Plätzchen. Nach einer Weile des Sitzens auf dem Sofa dachte ich, es sei doch besser, die beiden jungen Frauen alleine zu lassen, die sich ungeheuer viel zu erzählen hatten. Irgendwie war Maminka ganz anders in ihrem Verhalten, musste ich feststellen. Ohne einen Einwand erhielt ich die Erlaubnis, packte mich warm in meinen wunderschönen Mantel ein und lief hinaus. Die schönsten und wunderbarsten Ideen hatte ich immer unter dem sternenbenetzten Himmel, auf einer frühlingsduftenden Wiese, vor einem seicht dahinplätschernden Bach oder einfach auf der Bank in unserem Garten, direkt neben dem Hühnerstall. Da stand ich nun schweigend im Paradies, und urplötzlich, direkt vor meiner Nase, ein graziöses, auf mich wartendes Motorrad! Ich musste schlucken. Langsam, Schritt für Schritt näherte ich mich dem großen Schönen und umkreiste es einige Male, bis mir ein langer balsamischer Seufzer entfuhr. »Mann, bist du aber schön! So etwas habe ich noch nie gesehen!« Ich bekam keine Antwort. Vielleicht sollte ich mich daraufsetzen, und dann würde es mit mir galoppierend davonfliegen, und ich könnte die ungezählten, geheimnisvollen und lieblichen Dinge im Tal bestaunen. Doch ich war für dieses lächelnde Ungetüm zu klein, einfach zu klein. Dies ärgerte mich, so dass ich wütend und enttäuscht die Wiese hinaufmarschierte. Ich werde eine andere aufregende Beschäftigung finden.

»Hallo, du da, du Kleine«, vernahm ich eine bärige Männerstimme.

»Niemals auf Fremde reagieren«, hatten meine Eltern mir irgendwann einmal eindringlich mit sehr ernsten Gesichtern gesagt.

Meine Ignoranz schien den Fremden nicht davon abzuhalten, erneut einen Anlauf zu nehmen und noch lauter zu rufen: »Hallo, du! Soll ich ein Foto von dir machen?«

Ich blieb abrupt stehen, drehte mich um und schaute ihn ein wenig unwillig an.

Ein Fenster öffnete sich und der Kopf meiner Maminka kam zum Vorschein. »Es ist in Ordnung, es ist ein Freund. Nur lass dich nicht fotografieren!«

So was, da hatte sie alles gesehen! Der Mann, der auf mich zukam, sah sehr humorvoll und fröhlich aus, so dass meine übliche Angst vor Fremden sich in Wohlgefallen auflöste.

»Was hatte er noch erwähnt?«, dämmerte es in meinem Kopf. »Ein Foto von mir?« Noch nie hatte mir ein Erwachsener ein derartig schmeichelndes Angebot gemacht. Sollte er es doch noch mal aussprechen, wenn es ihm wirklich ernst gewesen war. So ließ ich diesen Mann auf mich zukommen, während ich ihn distanzierend musterte und zu dem Ergebnis kam, dass ich ihm trauen konnte.

Außer Atem, wie ein schnaufendes Pferd, stand er vor mir, kniete sich zu mir nieder und fragte mit einem neckischen Blinzeln in den Augen: »Ich habe meine Kamera dabei und würde gerne einige wunderschöne Fotografien von dir machen. Was hältst du davon?«

Noch immer sagte ich kein Wort und ich beobachtete, in seine braune Augen blickend, dass eine leichte Nervosität diese große männliche Gestalt überfiel.

»Ich bin Heluschka, und du?«, erwiderte ich bestimmend.

»Micha«, war seine kurze Antwort und ein Lächeln überzog sein Gesicht. Sein Verhalten war sehr lieb und er versuchte mich, auf welche Art auch immer, davon zu überzeugen, dass es mir riesigen Spaß machen würde, und ganz allein darauf komme es an.

Er hatte Recht, aber so leicht wollte ich es ihm doch nicht machen. Nach langem »Ich weiß nicht« und »Maminka möchte es nicht«, »Ich traue mich nicht« gab ich dann endgültig nach, und Micha freute sich so sehr, dass ich dachte, er würde gleich Purzelbäume schlagen.

Mit seinen langen athletischen Beinen lief er den Hang weiter hinauf und gab mir Regieanweisungen, wie ich mich zu drehen und meinen Kopf zu halten habe. Er sah so aberwitzig aus, wie er in gebückter laufender Haltung und zurufender Stimme mich antrieb, weiterzugehen und in seine Kamera zu schauen. Ich sollte auf jeden Fall das Lachen nicht vergessen. So hüpfte ich begeistert, auf Wolken schwebend, von einer leicht verblassten Grasfläche zur nächsten.

Unterbrechen musste ich meine Schritte, wenn er »Stopp!« rief und »Lächeln!« hinzufügte.

So ging das eine Weile mit uns beiden und ich vergaß alles um mich herum: die Sonne, die Vögel, das unendlich schöne Land und die Berge, die sich weich dahinzogen.

Leider unterbrach Micha die schöne Szenerie mit einem »So, das war's«, und es machte mich traurig, und ich dachte: »Warum nur jetzt, wo es gerade anfängt, richtig Spaß zu machen?«

Er nahm meine Hand, und auf dem Weg zurück gratulierte er: »Das hast du sehr prima gemacht. Und da ich dich vorhin so verträumt vor dem Motorrad hab stehen sehen, machen wir jetzt ein Foto von euch beiden. Wie findest du das?«

Jubeln hätte ich können und konnte meine Sprachlosigkeit kaum verbergen. Ungeduldig jagten mich meine Gedanken, denn der größte Wunsch war der, auf der Maschine zu sitzen.

»Du, Micha, kannst du mich daraufheben? Dann wird es sicherlich viel schöner.«

Ich weiß nicht, wer mehr überrascht war, er über meinen Mut oder ich über meine Worte. In weniger als einer Sekunde saß ich mit einem berauschenden, hocherhabenen, gladiatorischen Gefühl auf dem lederbezogenen Sitz. Kurz darauf, um wieder süßlich in die Kamera zu lächeln, überfiel mich ein eigenartiges Gefühl und ich war mir über mein Vorhaben nicht mehr ganz so sicher. Mein Blick folgte den Rundungen des wohlgeformten, auf Hochglanz polierten

Chroms, bis zu meinen fest an den Rumpf gepressten Beinen hinunter zum frostbedeckten Boden.

Mittlerweile verzog sich Micha einige Meter rückwärts, dann ein paar Fotos, doch mir war erdnussbutterweich zu Mute und ein Lächeln war meinen Lippen nicht zu entlocken. Gerade als ich meinen inneren Kampf zu überwinden schien, unterbrach Maminka, aus dem Fenster schauend, unsere Zweisamkeit und schien böse zu sein. Keine Aufnahmen, hatte sie doch ausdrücklich gesagt. Wieder auf den Boden der Tatsachen zurückgekehrt, träumte ich von dem hohen Ross, auf dem ich für einen kurzen Augenblick gesessen hatte, und keiner konnte mir mein überwältigendes, revolutionäres Gefühl nehmen!

Freiheit – Glück

Meinen Schlitten hinter mir herziehend, betrat ich völlig durchnässt den Flur und schüttelte die Schneeflocken von meiner Kleidung ab, während ich den Schlitten in der kleinen Kammer abstellte. »Puh, war das kalt heute gewesen und nichts als lauter Weiß.« Es duftete nach frischem Gebäck, und mein nach Lebkuchen sich verzehrender kleiner Magen befahl meinen Beinen, dem Duft zu folgen. Ich freute mich auf den heutigen Abend, denn es war Weihnachten. Noch am Morgen zuvor begleitete ich Maminka hinunter in unser kleines Städtchen, um die wenigen Geschäfte nochmals abzuklappern, bei den Großeltern und der Tante einen kurzen Zwischenstopp einzulegen, um dann wieder eiligst den mühseligen Marsch aufzunehmen. Mit dem Schlitten würde es schneller vorwärtsgehen, beschloss Maminka, und kurz darauf fand ich mich in einen warmen Sack eingehüllt auf dem Schlitten wieder. Es hatte über Nacht sehr viel geschneit, und eine meterhohe kristallweiße Pracht lag vor uns, und ein leichter eisiger Wind gab dem Ganzen ein endgültiges Gefühl von Weihnachten. Voran Maminka, ihre Stiefel verschwanden im tiefen dichten Schnee und ein seichtes Knirschen klang an meine Ohren. Es war so kalt, dass ich mich kaum bewegen konnte und meine fröstelnde Stupsnase nach Wärme schrie. Meine handschuhbepackten Hände formten sich zu Fäusten, und ich wollte sie gerade zu meinem Mund führen, als ein Ruck den Schlitten erschütterte, so dass ich mein Gleichgewicht verlor und die Holzbank unter mir plötzlich fort war, ich im weichen, federleichten Schnee versank. Verloren, auf meinem Rücken liegend, und doch amüsiert, blinzelte ich mit meinen Augen. Von hier aus konnte ich durch die Reflexionen der Sonnenstrahlen wundervolle Farben erkennen, die sich wie ein Diadem vor mir auftürmten. So wollte ich liegen bleiben.

Entzückt von meiner Entdeckung, vergaß ich Maminka, die unerwartet mit ihrem Kopf, die Faszination verdeckend, über mir auftauchte, mich zärtlich in ihre Arme schloss und erneut auf dem Gefährt platzierte. Schade.

Die Wanderung in unser kleines Städtchen begann erneut. Maminka drehte sich oftmals nach mir um und winkte mir, ich erwiderte mit einem herzlichen Lächeln. Vielleicht würden wir heute die Nüsse kaufen können, die schon vor Wochen nicht mehr erhältlich gewesen waren.

Nach einer langen Zeit des Wartens vor dem Geschäft gab es wieder die gleiche unbefriedigende Auskunft, und so kehrten wir mit einer kleinen verfügbaren Ausbeute zurück. Das war nichts Neues für die Gegend, es gab oft lange Warteschlangen für Nichts. Glücklich waren wir trotz dieses Mangels, und wie!

Meine Gedanken kehrten zurück, und noch fröstelnd von der Schlittenfahrt mit meinen Freundinnen rieb ich meine Hände, gab die nassen Sachen Tatinek, der gerade den Flur betrat, und lauschte zur Linken, ob ein Rascheln zu hören war. Meine Eltern sahen meinen Blick und versicherten mir, dass es einfach noch zu früh war für den Weihnachtsmann. Mein Verstand befahl mir, noch ein wenig zu warten, doch meine ungezügelte Ungeduld ließ meiner Fantasie freien Lauf und ich konnte es kaum noch erwarten. Mein schönes, wollig flauschiges Kleid sollte ich überziehen, die Haare frisieren und was sonst noch zu einem so wunderbaren Weihnachtsfest dazugehörte. Elegant schwingend schritt ich die Treppe hinunter und immer noch blieb die Tür zum Festzimmer für mich verschlossen. »Warum nur so lange warten?«, fragte ich grimmig. Weil wir den ganzen Tag traditionell noch nichts gegessen hätten und während die Kinder unruhig ihre Speisen verzerren würden, würde sich eben durch Engelshand der Platz unter dem Weihnachtsbaum mit all den eingehüllten Gaben füllen. Wurde mir versichert. Das hatte ich dann auch verstanden und akzeptierte, dass wir uns zum Essen in die Küche zurückzogen, wie dumm! Wirklich, so eine Stimmung verspürte ich immer nur zu dieser Zeit und ein tiefes warmes Schweigen umhüllte das ganze Haus. Ein feierliches Gedeck, Kerzenschein und ein hungriger Magen ließen das köstlich schmeckende Gericht wie ein Zauber erscheinen. Über den Tellerrand blickend und ohne jeglichen Ausdruck auf meinem Gesicht, versuchte ich durch das mit einer sanften weißen Eisschicht getrübte Fenster, den »Boten« zu erhaschen. Es war mir nicht möglich.

Nach dem Essen hatten Tatinek und ich zur Aufgabe erhalten, aus der kleinen Kammer nebenan

Sägespäne für den Ofen im Weihnachtszimmer heranzutragen. Wohlige knisternde Wärme würden uns diese winzigen braunen Hölzchen spenden. Während wir dort unter uns waren und Tatinek akrobatische Fähigkeiten entwickelte, fragte ich sehr dezent und neugierig nach dem Wunder, mit einem scheuen Augenaufschlag, doch es war vergebens.

Plötzlich ein Rufen: »Kinder, er war da, kommt schnell, eilig! Komm, Heluschka!«

In Windeseile machte ich mich auf und davon, ließ das Gefäß, welches ich in den Händen hielt, donnernd zu Boden fallen und stürzte mit wild schlagendem Herzen ins weihnachtliche Zimmer. Fasziniert, von den vielen Glanzlichtern geblendet, blieb ich wie angewurzelt stehen. Ich glaubte Engelsglocken gehört und, auf Wolken schwebend, den wunderschönen Weihnachtsbaum erreicht zu haben, mit dem darin fröhlich wippenden hölzernen Schmuck, den farbig glänzenden Kugeln, den goldenen Engeln und den vielen kleinen brennenden Kerzen. Ich blickte Maminka und Tatinek glückselig an und lauschte der süßlichen Musik, die ich erst in diesem Augenblick wahrnahm. Meine warmen runden Tränen liefen langsam meine Wangen hinunter, und während ich sie zärtlich wegwischte, dankte ich ganz tief in meinem Herzen dem Weihnachtsmann für so viel Wunderbares.

Die Winterzeit verging wie im Fluge, die verträumten Schneehänge und die in Weiß gehüllten Wipfel der Tannen wechselten ihre Kleider und Wiesengrün kam zum Vorschein. Der Schnee verwandelte sich in kristallklares Wasser und schlängelte in winzigen, seichten, unschuldigen Bewegungen in den moosumwachsenen Erdvertiefungen ins Tal hinunter. Dort vereinigte es sich zu einem sprudelnden Bach. Nostalgie beflügelte meine Seele, wenn die jung geschlüpften Vögel ihre ersten Singversuche veranstalteten, die jungfräulichen Sonnenstrahlen die zarten bunten Knospen hervorlockten und die verschlafene Winterluft einer leichten würzigen Brise wich. Das zerschundene Gras erholte sich und präsentierte ein strahlendes, saftiges, zartes Grün, ein Grün, in welchem ich mich, tief den unverkennbaren Duft einatmend, wälzen konnte. Das Temperament der Sonne ließ die letzte Kälte ins Nichts versinken. Es war wunderschön. Auf unserem Land, welches wir besaßen – und das war mit Sicherheit um einiges größer als der See, es war einfach so groß, dass ich es nicht beschreiben konnte –, häufte sich die Arbeit. Wir hatten viele Obstbäume und auch Obststräucher, unzähliges Gemüse, farbenprächtige Blumen, temperamentvolle Hühner und ein drolliges Schweinchen. Die Bäume mit ihren knorrigen Ästen wirkten manchmal wie mysteriöse Wesen auf mich, denn sie sahen, auch wenn sie nicht gerade gewaltig groß waren, so sonderbar hochmütig aus. Maminka arbeitete oft den ganzen Tag und noch viele Tage mehr auf dem gewaltigen Stück Land, welches talabwärts zum See verlief. Ich konnte Stunden um den hölzernen, selbst gebauten Hubschrauber, der sich im Vorgarten befand, sitzen und echt schräge Visionen mir ausdenken. Dieser erhob sich zuerst mit langsamen und dann immer schneller werdenden kreisenden Rotoren, bis er am Horizont nicht mehr zu erkennen war. Manchmal erinnerte ich mich der Worte, dass unter liegengebliebenem Holz ein extrem saures, grünblättriges Kraut wachsen würde, und dann lief ich zum Hühnerstall, um wieder einmal einige leichte Balken auszugraben. Eifrig hatte ich den platt gedrückten Boden freigelegt und das etwas Grüne verschwand in meinem Mund, nachdem ich es herausgerupft und von Sand befreit hatte. Es schmeckte tatsächlich sehr sauer. Ich liebte »mein saures Blatt«. Die Naturwelt hatte einfach alles parat, es war prall gefüllt mit unsagbaren Kostbarkeiten, und manchmal hatte ich das Gefühl, dass nur uns kleinen Menschenkindern diese Wunder vorbehalten waren. Niemand wusste von diesem Saure-Blatt-Geheimnis, welches ich nur ganz und gar mit mir, meinem Herzen und meinen Gedanken teilte.

Das Klosett befand sich direkt links vor der Eingangstür unseres Hauses, in einem kleinen, dünnwandigen Holzhäuschen, und immer, wenn ein wässriger Knall einige Meter unterhalb zu hören war, dann hatte oben wieder einer von uns »abgedonnert«.

Das laute Grunzen und Quietschen unseres Schweinchens schreckte uns eines Tages aus unserm Eifer heraus: Maminka nahm wieder einmal den Kampf mit dem Unkraut auf, Tatinek schwang

Hammer, Säge und vieles mehr, um unser erstes Badezimmer fertigzustellen, und ich hatte den Hühnerstall ausgemistet, die frisch gelegten Eier eingesammelt und hin und wieder mal eines der Hühner ein kleines bisschen geärgert. Nun das urplötzliche Quietschen unseres Schweinchens! Wir liefen alle panisch in Entsetzenslärm, Maminka zuerst am Unglücksort angelangt. Ich stolperte nur so in die Situation hinein und fragte mich die ganze Zeit, was mich wohl empfangen würde. Und da war es: Unser pinkfarbiges Schweinchen hatte nicht mehr so ganz die ursprüngliche Farbe, denn es war in das große dunkle Gefäß unter dem Klosett gefallen und versuchte sich mit zappeligen Bewegungen herauszuwinden – unmöglich.

»Iii!« Während ich ratlos und die Nase rümpfend dastand, zogen meine Eltern mit aller Kraft das arme Schweinchen aus der von Kloake umsäumten Lauge heraus. Nun stand ich also fassungslos vor dem mehr braunen Etwas, und wir hatten nur Mühe, dem bestialischen Geruch standzuhalten. Erbärmlich quietschte und grunzte es und wir drei mussten schallend lachen: »Ein wahrhaft stinkendes Schwein!« Tja, unser Schweinchen war nämlich so lustig, dass ich, wenn es gerade Lust dazu hatte, mit ihm um die Wette lief. Ich musste so laut lachen und erfreute mich an dem süßen Gesicht dieses einzigartigen Tieres. Aber eines ist mir wichtig, jetzt an dieser Stelle klarzustellen: Unser Schweinchen wurde nicht von uns gegessen! An so was hatte ich zur damaligen Zeit auch niemals gedacht, da es unser liebstes Haustier war.

Mein Onkel Mirek war oft bei uns zu Besuch. Eigentlich war er ein Teil unserer kleinen Familie, eine weitere weiche Schulter mehr zum stummen Anlehnen, wenn die Situation es erforderte. Selten saß er einfach nur so rum, denn der wahre Grund war, meiner Maminka bei all den vielen, stapelweisen, nimmer endenden Arbeiten unter die Arme zu greifen. Ich tat natürlich alles, und auch mein Tatinek, aber es nahm kein Ende mit der Arbeit, doch Maminka schien dies alles überhaupt nicht aus der Fassung zu bringen.

Eines Tages, ich hatte die fürchterliche Aufgabe, den Hühnerstall auszumisten, bewältigt, da sah ich schon von weiter Ferne meine Maminka und Mirek mit den Einkaufstaschen den steilen Weg heraufmarschieren. Ich freute mich riesig auf ihn, denn er trieb so lustige Spielchen mit mir. Er hatte ein kleines, leicht hervorragendes dunkles Muttermal an seiner rechten Wange, mit welchem er mich mit einer unübertrefflichen Schnelligkeit und einem leichten Zischen auf den Lippen immer aufs Neue zu erschrecken vermochte. Einfach mit einer kleinen Bewegung seines Kopfes. Manchmal setzte er mich balancierend auf seine Schultern, und da er schon ein junger Mann war, sah ich von einer gewaltigen Höhe lustvoll auf den Rest der Welt nieder. Treibjagend durchstreiften wir die Felder, und manchmal blieb er unerwartet stehen, hob seinen Kopf schräg nach oben, das Muttermal direkt vor meinen Augen auftauchend und dann wieder der lang durchzogene Laut, der mich fürchterlich zusammenzucken ließ. Nach dem süßen Schock verfielen wir beide in ein fröhliches Gelächter. Das war herrlich aufregend. Nun fieberte ich den beiden an der Gartenpforte entgegen. Sie waren in ihrer Unterhaltung sehr versunken, denn sie begrüßten mich nur ganz kurz: »*Ahoi, Heluschka!*«, gingen einige – wir mir es schien – verträumte Schritte weiter und stellten dann die schweren Taschen ab. Maminka griff in einen der Beutel und brachte ein nahezu süßes, für mich unverständliches Lob und reichte Mirek eine Stange Pfefferminzbonbons. »Danke, Mirek, ohne dich wäre ich noch unten im Tal. Was würde ich nur manchmal tun ohne dich?!«

»Wo bleib ich?«, dachte ich verzweifelt. Ich hegte mittlerweile Zweifel: »Warum nur er und nicht auch ich?«

Mit einer dickköpfig anmutenden Bewegung und einem unmissverständlichen Augenaufschlag wandte ich mich von den beiden ab. Scheinbar hatten sie meine Euphorie in Sachen Hühnerstall noch nicht bemerkt, denn meine leicht mit Kot benetzten Hände zeugten klar und deutlich davon. »Schaut mal …« Aber weiter kam ich nicht, denn sie hörten oder wollten mich nicht hören. Was ist mit den beiden heute los, sie sind doch sonst nicht so unaufmerksam! Maminka innerlich beschuldigend, mit meinem Ergebnis ausnahmslos zufrieden und in Erwartung, eine Leckerei auf meiner Zunge zergehen zu lassen, beschloss ich eine Nachrichtensperre nach außen zu verhängen und zog mich zurück. »Das haben sie jetzt davon, sie werden schon bald merken, dass ich mich verzogen habe.« Na ja, vielleicht aber nur eine ganz kleine Sperre, eine klitzekleine!

Wenn die Natur in meiner Heimat ihre verborgenen Schätze langsam freigelegt hatte, das zaghafte, himmlische Zwitschern der Vögel durch die Lüfte fortgetragen wurde, dann war es endlich Frühling. Der Brauch zu Ostern war außergewöhnlich und hatte konsequente Folgen für jedes Mädchen und selbstverständlich auch für jede junge Frau, ob dick oder dünn, brünett, schwarzhaarig oder blond, jede hatte herzuhalten. Die Weiden standen unauffällig, mit ihren zart bewachsenen dünnen Ästen dominierend, abwartend bereit.

Am Ostersonntagmorgen herrschte eine zum Bersten zerreißende Ruhe. Die weiblichen menschlichen Bienenschwärme hatten mit emsigen Vorbereitungen zu tun und die männliche Gattung – auch die Großen! – durchstreifte die Wälder, um kräftige, leicht biegsame Weidenäste zu sammeln. Die sozialhistorische Sitte besagte, dass die »Verehrer« an jedem Haus anzuklopfen hatten, um dann der Öffnenden die von ihr abhängige Befreiung zu ermöglichen. Klar gesagt: Gib mir, was ich will, dann bist du frei! Fiebrig verfolgte ich, hinter der Gardine hervorguckend, die flötend pfeifenden Jungen, die sich unserem Haus näherten. Sie waren sehr gut gelaunt und strahlten so eine besondere Zufriedenheit aus, die mich ein wenig erschaudern ließ, doch zulassen wollte ich dieses Gefühl nun doch nicht. Sie würden uns schon nicht mit ihren Weidensträuchern verprügeln, wenn wir ihnen nur taktisch, ohne provozierenden Widerstand, das Verlangte geben würden. Unverständlich, absurd erschien mir Maminkas Bitte, nicht zu öffnen. Doch da hatte ich schon den Jungs ... es war zu spät! Durch meine Unkenntnis beflügelt, stand ich den drohenden Gebärden gegenüber und vermochte keine Widerrede über meine Lippen verlauten lassen. »Los, gib uns ein Ei und noch andere schöne leckere Dinge, dann werde ich dich auch nicht hauen!« Und dieser Junge wedelte nur so drohend mit der Weide vor mir herum. Wir drückten, gehetzt von unseren Ängsten, den fanatischen Jungs unsere Präsente in deren Hände und schlugen die Tür mit einem lauten Knall zu.

»Wessens Wahnsinnsidee ist das nur gewesen, uns solch respektlosen Freibeutern auszuliefern?!« Nie wieder öffnete ich die fließenden Grenzen zwischen Gut und Böse. Maminka hatte Recht behalten und ich musste langsam lernen, meine Traumwelt in Grenzen zu halten.

Jedes Mal, wenn sich der Sommer dem Ende nahte, begann die Getreideernte im Tal und die gesamte Familie hatte genügend zu tun. Auch wenn das Stroh so pickte und meine zarte Haut danach zerschunden war, diese Felder hatten einfach etwas Bezauberndes an sich, sodass ich mich schon sehnsüchtig auf das nächste Jahr freute. Ich atmete die frische, nach Wiesenkräutern duftende Luft ganz tief ein und mein Verlangen nach mehr wuchs mit jedem Atemzug. Der Duft war einzigartig und durch nichts zu ersetzen. Wenn ich das Stroh aufeinanderstapelte, umkreisten mich, in den Sonnenstrahlen staubend, die winzigen

Düftchen, berauschend und betörend! Dieser sommerliche Augenblick meiner kleinen Welt wurde unverkennbar in meine sensible Kinderseele eingebrannt, für immer!

Viele winzig kleine Dinge hatte ich liebgewonnen: Das tägliche Milchholen, das Motorradfahren in dem Beiwagen sitzend, mein weiß gepunktetes rotes Kopftuch, die Blaubeerpflückerei im Wald, das Durchstreifen der Wiesen, das erstmalige Skilaufen, Babitschkas Schmalzbrotstullen und … ja die Stachelbeeren aus Babitschkas kleinem Garten vorm Haus, die waren total süßlich und enorm anziehend … und so vieles mehr. Überschattet wurde all dieses nur von der krampfartigen Angst, den Bahndamm ohne Begleitung von Babitschka überqueren zu müssen. Nicht die Züge waren dafür verantwortlich, auch wenn sie selten unseren Ort passierten, sondern die in dem Haus neben den Bahngleisen lebenden Roma. Die braunhäutigen Kinder spielten an der Schaukel, gleich auf der anderen Wegesseite, und jedes Mal, wenn ich langsam und verkrampft an ihnen vorüberschlich, schauten sie sonderbar mit ihren dunklen Augen ganz tief in die meinen. Erleichtert, an ihnen vorbeigekommen zu sein, und mit wild schlagendem Herzen in meiner Brust, lief ich weiter. Ich dachte fröstelnd immer daran, sie würden mich heimlich von der Straße wegstehlen. Meine Eltern versuchten mir meine Furcht mit gut gemeinten und glaubwürdigen Worten zu nehmen. Sie blieb.

Wie war das noch damals, als ich dachte, all die Dinge, die ich tat, hätten seine Richtigkeit. Ich hatte gerade so wunderschön geträumt, in Maminkas und Tatineks Bett liegend – das große kuschelige Bett ganz für mich alleine –, als es so ungemütlich wurde. Das Wälzen von einer Seite zur anderen änderte nichts an dem sich merkwürdig anfühlenden Zustand. »Warum nur dieses glitschige, fast nasse Chaos unter meinem Popo?«, dachte ich, noch immer den Traum festhaltend, denn er war so schön, und ich war keineswegs gewillt, ihn wegen diesem unwichtigen Etwas aufzugeben. Deshalb beschloss ich, »es« zu ignorieren. Sosehr ich mich jedoch fieberhaft anstrengte, das Gefühl wurde nicht besser, im Gegenteil. Als Nächstes stand ich schlaftrunken auf, schlich mich fast regungslos, mit geschlossenen Augen, in Richtung meines kleinen armseligen Bettes. Dort angelangt, tauchte ich in das weiche Kissen ein und schlief sofort, unberührt von der Aktion, ein. Mein Traum holte mich im selben Augenblick wieder ein, versunken in meinem kleinen Reich. Ein erlösendes Seufzen kam über meine rosigen Lippen, nach dem ausgestandenen Konflikt mit meinem Popo! Aus unerklärlichem Grund wurde mein Traum immer trüber und dahinfließender, er entglitt meiner kleinen Kinderseele. Ich sträubte mich erneut, der Ursache auf den Grund zu gehen! Das Gefühl unter mir war unerträglich unangenehm und eine große Tragik für mich. Ich wollte träumen, entfliehen, glücklich sein und davonschweben. Unter mir wühlte ein Aufruhr. »Ich denke nicht daran, aufzuwachen. Ich träume einfach weiter!«, beschloss ich energisch. Aber es wirkte mit jeder weiteren Sekunde ausnahmslos störender und so eigenartig schlüpfrig. Ungefragt wurde ich in die Wirklichkeit zurückgestoßen, zutiefst erschrocken, als ich mit einem Ruck in der Realität aufwachte! Was hatte nur meinen wunderschönen, geborgenen Traum so dermaßen attackiert?! Was oder wer war dafür verantwortlich?! Ich setzte mich energisch auf, meine Augen weit aufgerissen, müde zum Umfallen, mit den Fäusten ins Bettlaken boxend, und überprüfte mit kritischem Blick des Übels Ursache. Was meinen Blick traf, war ein blankes, weißes Betttuch, mehr nicht. Kein kleines böses Männchen, keine wild umherlaufenden Insekten, nirgends ein

Hinweis auf den Störenfried! »Das werde ich schon herausfinden!«, sagte ich bestimmend und sprang vom Bett. »Ich fühle es deutlich! Habe ich etwas Wichtiges übersehen oder bin ich noch tief in einen anderen Traum versunken, der mich irreführen will?« Wie ich da so stand, wurde mir bewusst, dass ich absolut wach war, denn es war etwas Unangenehmes in meiner Unterhose! Ich steifte diese langsam hinunter und sah das Dilemma: Sie war völlig dunkelbraun befleckt und mit »Groß« angehäuft. »So was Dummes! Wie ist das nur geschehen?«, grübelte ich nachdenklich und gleichzeitig war ich entsetzt. Beim scharfen Nachdenken verblasste meine Erinnerung im Nebelwirrwarr. Was hatte mich nur so überlisten können? War ich im Traum auf dem Töpfchen gewesen? Abrupt hörte ich mit meiner inneren Wahrnehmung auf und beschloss zu reagieren. Maminka und Tatinek durften von diesem Unfall nichts erfahren und ich hatte auch schon eine geniale Idee: Der kleine Holzofen im Schlafzimmer wurde wegen der sommerlichen Temperaturen nicht geheizt, und das war die große Herausforderung an mich und meinen guten Instinkt des Vertuschens! Grundsätzlich log ich nicht, sondern schwindelte nur ein wenig. Aber ich wollte auf keinen Fall riskieren, dass Maminka meine Tat erfuhr – so wie sie alles sofort wusste –, und mein Plan sollte alles verbergen. Die Unterhose wurde mit äußerster Vorsicht abgestreift, zu einem kleinen Ball zerknüllt, und im selben Moment öffnete meine freie Hand des Ofens Türchen und der Beweis verschwand im dunklen Loch. Ich legte zur Tarnung noch einige Holzstückchen davor und klappte schnell die Tür zu. Mein Antlitz leuchtete feierlich. »Schnell noch den ungepflegten Popo säubern«, beschloss ich und huschte hinunter zum Waschen. Es hatte mich noch niemand entdeckt, und so schnell, wie ich erschienen war, so schnell verschwand ich im Schlafzimmer. Eine frische Unterhose ließ alles Vorhergeschehene unbedeutend wirken. Danach kuschelte ich mich in Maminkas und Tatineks Bett und versank sehnsuchtsvoll in meinen Traum, der mich mit voller Zärtlichkeit und wundersamen Dingen umhüllte. Was für ein triviales Erlebnis das war!

»Das darfst du nicht essen!«, hörte ich Maminka mit entsetzter Stimme sagen. Sie muss etwas verwechselt haben. Ich konnte schon richtig unterscheiden zwischen »Es schmeckt mir« und »Es schmeckt mir nicht«, und meine Kindermeinung war unanfechtbar. Mein reichlich verzierter Tannenwald gegenüber von unserem Haus war der Tummelplatz meiner Einfälle und Gefühle, und ich zog den unverkennbaren Duft, der darin wohnte, tief in mich hinein. Was sollte so Erschreckendes drin verborgen sein?! Meine lang ausgedehnten Streifzüge über den moosbewachsenen weichen Waldboden führten mich an wilden und rustikalen Baumformationen, blühenden Gräsern, kleinen Tierhöhlen und duftenden Blumen vorbei. Alles »darin« interessierte mich, ausnahmslos. Also, was war falsch daran, alles untersuchen zu wollen, den Geheimnissen auf die Spur zu kommen, etwas außergewöhnlich Überdimensionales zu entdecken?! Meine Maminka hatte einfach keine Ahnung und schüttelte immer noch den Kopf darüber, wie ich nur »so etwas« in den Mund nehmen konnte. Oft versteckte ich mich hinter großen Baumstämmen und erhoffte, einen Blick auf die vielen Tiere des Waldes zu erhaschen. Da sah ich kleine und große Vögel von Ast zu Ast springen, Hasen an mir vorbeigaloppieren, Rehkitze scheu über den Waldboden laufen, aber der Fuchs, der Schlaue, gewann sein Spiel: Ich bekam ihn niemals zu Gesicht. Ob er mich in seinem Versteck belächelte? Er blieb für mich ein Geheimnis. Manchmal vernahm ich ein Rascheln und ich blieb wie angewurzelt stehen, drehte nur meinen Kopf nach allen Seiten um, aber nichts war zu entdecken. Danach setzte ich meine kleine Wanderung etwas eingeschüchtert fort und begeisterte mich schon für die nächste Sensation! Eines Tages machte ich einen außergewöhnlichen Fund: Er war rund, sehr klein, weich und von der Farbe simpel leicht gräulich-bräunlich. Als ich »es« in die Hand nahm und daran roch, jedoch duftlos blieb, steckte ich kurz entschlossen die Kugel in den Mund. Ich kaute langsam, aber genüsslich. »Hmmmm, schmeckt gut!«, stellte ich fest und aß gleich mehrere von diesen geheimnisvollen Bällchen. Sie lagen einfach herum und waren mir zuvor noch nie aufgefallen. Wenn ich meine Walderkundungen unternahm, war mir die kleine Zwischenmahlzeit sicher. Als ich nun mit Maminka in meinem Wald war und sie noch in ihrem Entsetzen verweilte, fragte ich mich, ob es ihr allen Ernstes war, mich am Essen zu hindern! »Maminka, es schmeckt lecker, probiere doch mal«, sagte ich mit unschuldiger Stimme und streckte meinen Arm aus, ihr eine der delikaten Kugeln reichend. Sie schüttelte sich angewidert und schlug mir leicht gegen die Hand. Mein Proviant fiel traurig zu Boden und rollte davon bis zum nächsten bewachsenen Hindernis. Ich stand gebrochen und erstarrt da, denn Maminkas Worten musste ich folgen, nur: »Warum?« Mein Gesichtsausdruck ließ einen ratlosen Seufzer aus ihrem Mund hervor: »Heluschka, das ist Hasen-Aa! Das darfst du nicht essen. Nie mehr!« Ich konnte das nicht glauben, denn es roch nach gar nichts. Es musste einen anderen Grund gegeben haben, warum ich auf diese köstlichen Kugeln zu verzichten hatte! Ich kam nie dahinter. Mein bis dahin geheimes Waldritual wurde durch den starken verbalen Gegenwind meiner Maminka zunichte gemacht. So musste ich mich immer wieder neu erfinden in meiner Welt aus wilder Natur, unberührter Tiere und stärkenden Sonnenstrahlen!

»Juchuu! Komm schnell, Heluschka!«, hörte ich Maminka glückselig rufen. Ich war gerade mit meinen Bauklötzen beschäftigt und sprang auf. »Was hat sie so heftig übermütig reagieren lassen?« Ich rannte, mit allen möglichen Fantasiegebilden in meinem Köpfchen, Richtung Küche. Durfte ich von ihren köstlichen Leckereien probieren, hatte sie eine selbst gemachte Überraschung für mich, wollte sie sich mit mir vereinigen, um Tatinek von unserem Wissen fernzuhalten, oder mochte sich mir eine neue, unbekannte Tür in das Reich der Erwachsenen öffnen? Maminka, mit zwei Töpfen bewaffnet, und ich prallten auf dem Flur zusammen. Wir kicherten. Meine kleine Hand verschwand in der zarten und doch energischen Hand meiner Maminka und im selben Moment eilte sie mit mir Richtung Haustür. Ich sträubte mich nicht, denn ich verspürte instinktiv Gutes. Ich war bereit für Neues! Aufgeregt, gespannt und meine Beine in einem Eiltempo der Tür entgegenlaufend, öffnete Maminka diese und blieb abrupt stehen. »Schau, ist das nicht herrlich?«, rief sie beglückt aus.

Meine Augen leuchteten und ich hauchte verzückt ein: »Oh ja, ist das wunderschön!« Es war bisher ein heißer Sommertag gewesen, mit einer leichten warmen Brise, die ihr Spiel mit den Gräsern und Zweigen trieb. Der blaue Himmel wich plötzlich einem dunklen Grau, der zarte Wind wurde stärker, die Blätter an den Zweigen hatten nur Mühe, sich festzuhalten, und dann kam wie aus dem Nichts das ungreifbar Wunderbare: Kätzchen fielen erst langsam, dann in kürzeren Abständen immer schneller fallend vom Himmel herab! Maminka reichte mir schnell den kleineren Topf und gab den Startschuss zum Hinauslaufen: »Und jetzt, komm und fang sie ein und wünsch dir was, komm schnell!«, und wir stürzten hinaus. Schnell fanden wir uns ungeschützt in dem

Nass wieder, welches in einem rasanten Tempo auf uns niederprasselte. Wir streckten die Töpfe in Himmelsrichtung, schlossen fest die Augen und ließen in Gedanken unseren innigsten Wunsch in die Höhe steigen, während ein Rhythmus »klang, kling, klang« an unsere Ohren drang. Die »Kätzchen« waren Hagelkörner und schmolzen schnell dahin, wenn sie erst einmal in unseren Töpfen verschwanden. Maminka zog mich am Arm wieder hinein und wir lachten aus vollster Seele! Ich liebte es! Meine Wünsche gingen immer in Erfüllung und ich war in Erregung, wenn die kalten, klingenden Kätzchen wieder vom getrübten Himmel fielen … und in unsere Wunschtöpfe hinein.

Mein Dedetschek war ein gut aussehender, eleganter und ruhiger Mann, der jedes Mal die Ruhe behielt, wenn Babitschka ihn in ihrem herrschsüchtigen Ton korrigierte oder Kritik an ihm ausübte. Mein Besuch war meistens aus einem inneren Gefühl heraus. Manchmal nahm ich den langen, einsamen und sandigen Weg auf mich, aber wenn ich in Eile war, schlich ich ängstlich an den Romakindern, wir sagten damals Zigeunerkinder, vorbei zu Babitschka und Dedetschek. Mit erwartungsvoll blickenden Augen stand ich vor ihrer Tür, als Babitschka mir mal wieder öffnete. Trotz ihres Alters fühlte ich mich sehr wohl dort, denn manchmal gab sie mir, obwohl sie eine sparsame, fast geizige ältere Frau war, ein riesengroßes Schmalzbrot, oder auch der ölige Fisch aus der

Dose verschwand genussvoll in meinem hungrigen Magen. Diese erlebten Tage bedeuteten für mich eine andere Art des Abenteuers. Es war eine neue Welt, nicht die der Erwachsenen, sondern die der Weisen, denn Dedetschek berichtete immer von so vielen ungewöhnlichen und wilden Geschichten.

Im Sommer stöberte ich neugierig in Babitschkas Garten herum, der erste Weg führte mich immer zu den grün-gelben, weich behaarten Beeren, die süßlich sauer schmeckten. Sie hatten diesem Wunder der Natur den Namen »Stachelbeere« gegeben. »Warum eigentlich?«, dachte ich irritiert. Immerhin verzückte mich dieser Geschmack so sehr, dass ich die Augen schloss und die Geschmackssinne mich zum Entzücken brachten. Manchmal gab es sonntags ein großes Familienmittagessen bei meinen Großeltern. Es war schon lecker, was vor unseren Augen auf dem Tisch serviert wurde, doch jeder hatte seinen »Anteil«, nur Dedetschek wurde zur Ausnahme! Das Lustigste war, wenn er aß, ohne abzusetzen, und durch nichts zu stören war, sich nach einiger Zeit kleinste Schweißperlen auf seiner Nase bildeten. Ich schielte ganz unbemerkt zum anderen Stirnende des langen Tisches, denn ich wusste, bald würden die Perlchen wieder auftauchen. Dedetschek war ein Genießer und Babitschka regte sich darüber jedes Mal auf. Es war sehr belustigend. Ich schielte von einem zum anderen. Mein Dedetschek, der schöne stattliche Mann, und meine Babitschka, die dickliche, schwarzhaarige, energische Frau! Wenn ich die beiden wieder einmal besuchte und Dedetschek war da, war mir der Platz auf seinem Schoß ganz sicher. Dort fühlte ich mich kuschelwohl und lauschte aufs Neue seinen abenteuerlichen und interessanten Geschichten. Selbstverständlich war er für mich der Allwissende, denn er brachte mir in einer fremden Sprache das Zählen von »eins bis zehn« bei. Ich war sehr stolz auf mich! Gelegentlich bat er mich, ihm seine Füße zu massieren, das mochte er besonders gerne, und ich schaute zu ihm hoch, um zu sehen, wie genüsslich er sich in seinem Sessel zurücklehnte, wenn meine kleinen Finger die hornhautüberzogenen großen Füße kneteten. Er konnte so richtig gut versunken in seinem Sessel sitzen und die Wohltat in sich einsaugen.

Na ja, und dann noch was: Irgendwann hatte ich dann ein Brüderchen, auf das ich aufzupassen hatte, wenn keiner der Erwachsenen Zeit hatte. So saß ich manchmal auf der kleinen Holzbank im Garten, den Kinderwagen nah genug, um das plärrende kleine Baby zu beobachten. Es war ein total neuartiges Gefühl für mich.

Abschied

Die Gefahr um mich herum hatte meine Kinderseele noch nicht erreicht, denn die Eindrücke in meiner unmittelbaren Nähe waren überwältigend: Unser Haus wurde schöner und schöner, ein separates Zimmer mit Toilette, fließend warm und kalt Wasser, das Zimmer mit der großen Blechwanne, in der mindestens drei Kinder baden konnten, dies alles täuschte über die traurige Wahrheit hinweg.

Es war ein wunderschöner Frühlingstag, der mich hüpfend ins Dorf führte, wo schon am Ortseingang donnerndes Grollen zu vernehmen war. Da es ein völlig neues Geräusch für mich war, beschloss ich, mit leicht zitternden Knien und vollen Verstandes, weiter in Richtung Donner zu laufen. Keuchend an einer Straßenecke angelangt und ewig aufgeregt, spähte ich an dem Haus vorbei und blickte direkt in eine hochdramatische Szenerie: Menschen, wie Ameisen verstreut, über die Straßen, Fußwege und Hauseingänge laufend, schreiend, mit Steinen in den Händen bewaffnet, nach übergroßen rollenden Wesen werfend. Ein fürchterlicher, emotionaler Ausbruch umgab meine angespannte Seele, graue Rauchwolken stiegen in den blauen Himmel empor, jegliches harmonische Gefühl entzog sich schlagartig meinem Körper und meine kleine Welt schien am Rande eines Abgrundes zu stehen. Meine

Hände pressten sich Hilfe suchend gegen die grauweiße Mauer, meine weit aufgerissenen Augen sahen auf die Trümmer, die sich links und rechts der Straße türmten. Ich vermochte nicht zu atmen, doch mein Verstand bezwang mich, zu erkennen, dass ich in Gefahr war und eiligst verschwinden musste. Doch diesen zerbrechlichen Augenblick werde ich niemals vergessen, als dieses metallene Ungetüm mit den großen, merkwürdigen Rädern und der langen, spitzen, drehenden Öffnung auf dem Dach ein Mädchen, welches gerade die Straße überqueren wollte, niederträchtig überrollte! Geschockt lief ich, so schnell ich nur konnte, dem Unglück entfliehend, den Weg nach Hause hinauf. Eine bittere Traurigkeit ergriff mein Herz, und ich wusste, es würde niemals mehr wieder so sein, wie es war. Niemals mehr!

Dann kam der Tag, es war einige Zeit später, da erklärte Tatinek uns, dass wir ein wenig verreisen würden und dass dies ein großes Geheimnis bleiben sollte. Selbstverständlich wollte ich niemandem davon erzählen. »Tatinku, ich schweig«, sagte ich mit einem ernsten Augenaufschlag, so wie es die Erwachsenen immer demonstrierten, wenn sie etwas sehr Wichtiges mitzuteilen hatten. Eine lange Reise mit baldiger Rückkehr und viel Spaß, versprach Tatinek. Insgeheim freute ich mich schon in diesen Sekunden auf das Neue, aber im selben Moment nahmen meine Eltern mir diese Freude, als sie eindringlich sagten: »Sowjetische Soldaten, das sind Männer, die für Ordnung sorgen und überall an den Bahnhöfen, in den Zügen und an den Grenzübergängen Patrouille stehen. Du brauchst aber keine Angst haben.« Also kein Grund zur Beunruhigung. Dann kam jedoch der Abschied am Bahnhof, und es war so ergreifend und überwältigend, und doch sah ich keinen Zusammenhang, warum es so sein musste. Eine letzte Umarmung, tiefe Blicke, Tränen in den Augen, ging ich die Stufen des Zuges hinauf, winkte meiner Krista aus dem Fenster so lange zu, bis nichts mehr von ihr zu sehen war, nur noch ein kleiner Punkt am Horizont. Gebrochen und gezeichnet setzte ich mich nieder. Nach einer Weile der Fahrt fühlte ich eine rebellische Spannung zwischen den Soldaten und den Passagieren ... und ein letztes Mal neigte ich langsam meinen Blick zur wundervollen Landschaft hinaus. Die Reise wurde sehr beschwerlich, da an jeder Station lange Kontrollen von schroffen, dämonisch blickenden Stahlhelmsoldaten durchgeführt wurden. Diese Männer waren so starr vor Kälte, standen entlang der Schienen mit ihren Maschinengewehren im Anschlag. Von einem zum nächsten Augenblick wurde mir klar und deutlich bewusst, dass dies das Ende meiner Welt war und der Mondschein nicht mehr derselbe sein würde. Und ohne es je geahnt zu haben, lief meine Tante Krista jeden Tag ein halbes Jahr lang zum Bahnhof, immer in der sehnsuchtsvollen Hoffnung, mich in ihre Arme schließen zu können – ohne Erfolg.

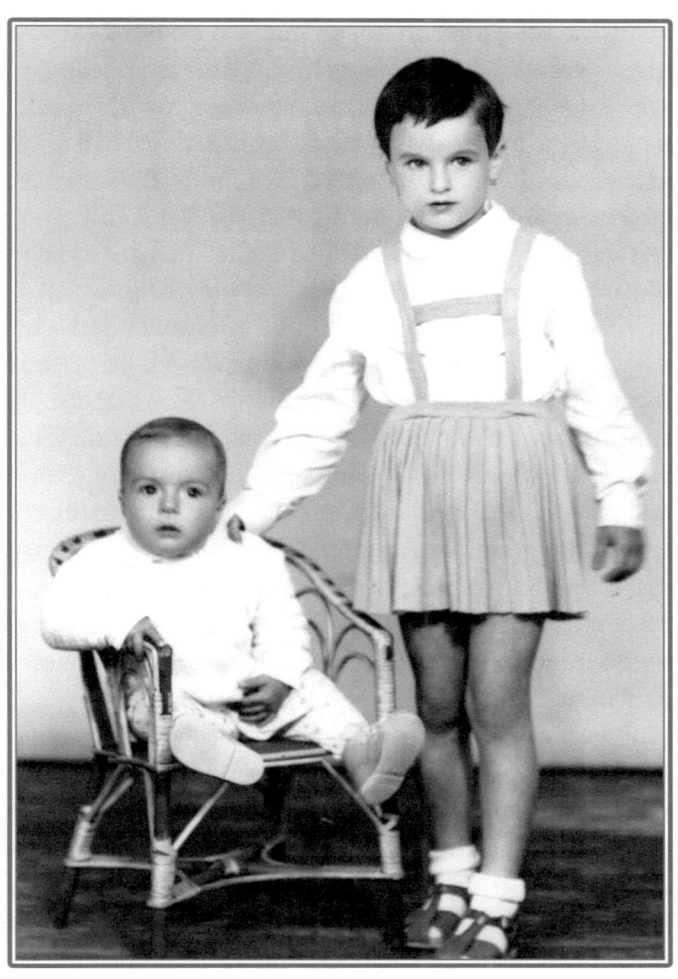

Meine unschuldigen Kindertage entglitten mit stechendem Herzen meiner Seele, je näher wir der Grenze kamen, eine neue moderne und unbekannte

Welt wartete lauernd auf mich. Mit einem Mal war alles Vergangene wie weggelöscht und eine neue Ära war angebrochen, ohne mich vorher um Erlaubnis gefragt zu haben. Nun standen wir dort, mit zwei einsamen Koffern bepackt, auf dem Bahnhof in einem anderen Land, nicht mehr mein Land, wartend auf Tatineks Onkel. Erst später erfuhr ich den Namen dieses neuen Landes: Deutschland. Diese zeitlose Passage schien ich aus meinem Gedächtnis gestrichen zu haben und kann mich dann nur noch – wahrscheinlich Wochen später – wieder erinnern: an die Aufnahme im Lager Friedland. Viele wartende Menschenschlangen, den morgendlichen warmen Kakao und zum ersten Mal »Rundstücke« waren die ersten anfänglichen Bilder. Meine Eltern, mein Bruder und ich teilten ein sehr kleines, nur mit zwei Holzdoppelbetten, einem kleinen Schrank und vier unbequemen Stühlen mit Tisch ausgestattetes Zimmer, und das hölzerne Material hatte eine sehr langweilig blasse Farbe. Statt eines wollig weichen Federbettes gab es eine kratzende, schwere graue Decke, die mich jede Nacht zum juckenden Wahnsinn trieb. An die Dauer des Aufenthaltes habe ich keine klare Erinnerung mehr. Jedoch der allmorgendliche Kakao hatte es mir wahrhaftig angetan, und dies wäre ein besonders süßer Grund zum Bleiben gewesen. Ich spürte aber, dass meine Eltern sehr unruhig wurden und so schnell wie möglich dieses Lager verlassen wollten. Ich und meine Meinung waren da nicht von Interesse.

Eines Morgens wurden die beiden Koffer wieder mit unseren wenigen Habseligkeiten gepackt (an meine Skier hatte niemand gedacht, denn die lagen nun, einsam und wartend auf mich, in der Heimat) – und eine erneute Zugfahrt brachte uns zu einem Ort, der mir absolut nicht wohlgestimmt war. Mit Missachtung und Betroffenheit seufzte ich in mich hinein, denn es hatte überhaupt keine Ähnlichkeit mit meiner heiß geliebten, grandiosen Berg-und Tal-Landschaft. Schroff stellte ich fest: »Hier bleib ich nicht!« Es war ohne Bedeutung. Dies war jetzt unser Zuhause, das flache, trostlose Land, die erbärmlich merkwürdig gebauten Häuser, die vielen stinkenden motorisierten Fahrzeuge, die bleichen, ein wenig wortkargen und fremd sprechenden Menschen. An das alles musste ich mich gewöhnen und die anderen auch. Ich konnte diese ungewollte, einengende und kalte Veränderung nicht akzeptieren. Die Architektur meiner Sinne veranstaltete einen chaotischen Irrgarten in mir, dem ich selber nicht zu entfliehen vermochte.

Eine Rebellion fand nahrhaften Boden, und auch die Tatsache, ein neues Zuhause unter Gleichgesinnten zu haben, änderte nichts an meinem Zustand. Unser neues Quartier war eine abgeschiedene Siedlung nur für osteuropäische Flüchtlinge, denn wir sprachen alle fast die gleiche Sprache. Ein kleiner Trost, auch wenn der erste Zusammenstoß mit den wilden Kindern mich zutiefst erschrecken ließ. Ich musste mich damit abfinden, dass der riesengroße unendliche Garten und mein ach so schönes, weiß getünchtes Elternhaus einem staubigen Platz, Überreste eines Bunkers und einem zweistöckigen, blassen, bretternden Häuserblock – genannt Baracke – wichen. Ich durfte nicht mehr zurückdenken, befahl ich mir, es würde mich nur noch unglücklicher machen, als ich schon war, es war zu schmerzhaft. Einen quälenden, schmerzlösenden Seufzer gab ich von mir, als ich beschloss, den unruhigen Zeiten stark entgegenzutreten.

Ohne Heimat

Einige Zeit später wurde ich von meiner Maminka und meinem Tatinek zu meinem neuen Kindergarten gebracht. Mit skeptischem Blick betrat ich zum ersten Mal den Flur, sah von weitem ein Mädchen auf dem Gerüst herumklettern, mich beobachtend. Und wieder hieß es gegen meine ohnmächtige Wut anzukämpfen, die merkwürdig und unverständlich sprechenden Kinder und Erwachsenen als einen Teil von meiner neuen Welt zu betrachten und endlich die reflektierenden, schwachen Schattierungen der Vergangenheit auszulöschen. Ich hatte Mühe, diesen Kampf zu gewinnen, denn es kostete mich zwei Monate des Schweigens in diesem lauten, von Kindern plärrenden »Garten«. Lange genug hatte ich der neuen Sprache gelauscht, um nach einigen Wochen einen Sinn und Zusammenhang erkannt zu haben. Auch wenn sie alle dachten, prüfend mit ihren Blicken schauend, ich würde keines ihrer Worte verstehen, so hatten sie sich doch getäuscht! Mit ziemlicher Sicherheit wusste ich um ihre gemeinen Späße.

Meistens, nachdem mich Maminka oder Tatinek vom Kindergarten abholten, erwarteten uns tief greifende Veränderungen in unserem neuen Zuhause. Tja, es wurde nie langweilig.

Mein Bruder war mittlerweile zu einem fast zweijährigen nervigen Bündel seiner Schwester herangewachsen und versetzte die gesamte Familie in gereizte Hochstimmung, wenn er wieder einmal einen seiner üblichen Streiche vollbrachte. Dass es so einen gearteten Bruder je hätte geben können, fast unfassbar, denn es gab Tage, an denen er für mich nicht mal eine Sekunde zu ertragen war. Und doch liebte ich ihn, wie ich noch nie einen Bruder geliebt hatte, denn er war mein erster und einziger. **Diese Tatsache ließ ihn niemals, auch unter noch so negativen Umständen, aber auch niemals aus meinem Herzen verbannen. Ich liebte ihn abgöttisch. Meine ungetrübte Erkenntnis war die, dass ich verzeihen konnte und dass nicht jedem Kind der Welt das wunderbare Glück beschert wurde, welches ich die ersten sieben Jahre meines Kindseins erleben durfte. Die Umstände für meinen Bruder Günter waren nicht gerade romantisch, sonnig und fair … sie waren ungerecht!**

Günter hatte eine aggressive und notorische Zerstörungsgabe, und doch war er ein liebenswerter, manchmal zu Explosionen neigender, wilder Junge. Unzählige Male nach einem bitterbösen Streit zwischen Bruder und Schwester ließ ich mich durch seinen kindlichen Zauber wieder einmal einschüchtern. Es gab keine schallenden Ohrfeigen, keine tadelnden, bittern Worte, aber dennoch eine symbolische Friedenspfeife. Seine braunen, unschuldig blickenden Augen hatten sich tief in meinem Herzen eingebrannt. Die Tumulte um diesen kleinen Gauner variierten in einem rasenden, fast zeitraffenden Tempo, denn fast täglich waren wir seinem ungezügelten Temperament ausgeliefert. Die Spannung meines Lebens bestand nun nicht in den wunderbaren Ausmaßen der Natur, sondern in der realistischen Tatsache, dass die Umstände unseren Schicksalslauf veränderten, jedoch wirklich so heftig, dass selbst unsere Eltern sehr zu kämpfen hatten. Hart arbeiten, zupacken zerrt nicht so sehr an der Seele wie das zwingende Verlassen der Heimat, dem Unbekannten ins Angesicht schauend, sich gezwungenermaßen nicht fragend, allen nur möglichen rettenden Strohhalmen nähernd. Ständig unter Anspannung lösten sich meine Eltern mit den kinderbetreuenden Aufgaben ab. Mittlerweile hatten Günter und ich uns mit den vielen Kindern, die ebenfalls in der Baracke lebten, angefreundet. Maminka und Tatinek mussten sich um anscheinend wichtige Aufgaben kümmern und um ihre Sorgen, von uns Kindern unbemerkt. Es war für mich nicht ganz einfach zu akzeptieren, dass Günter auch beschäftigt werden musste und ich meine Wünsche zurückzustellen hatte. Unlängst verwandelten sich meine Ängstlichkeit und Panik in wohlgeformte Kontakte zu den Kindern der Nachbarn und mein verkrampftes Herz ignorierte das Leben um mich herum nicht mehr so stark.

Tatinek war auf dem Weg zu »Maxwell« und Maminka auf dem Weg von dort nach Haus. Mein Bruder schlief den gerechten Schlaf der Räuber an einem schönen Nachmittag, während ich mit einigen

Mädchen in einem von unseren drei kleinen Zimmern, der Küche, spielten. Meine Aufmerksamkeit wurde auf die knarrende aufgehende Tür gerichtet, hinter der Günters kleiner dunkler Haarschopf langsam hervorlugte, barfüßig und nur mit einem Unterhemd bekleidet. Er huschte hervor, und schon begann die berauschende Jagd um den in der Mitte stehenden elektrischen Backofen, der ausnahmsweise von Tatinek zur Beheizung angestellt wurde. Er stand auf einem Hocker und die Backofenklappe war geöffnet, so dass das bisschen Wärme sich im Raum verteilen konnte. Schreiend, im wilden Geheul, nahm Brüderchen die Verfolgung eines Mädchens auf. Sie liefen um den aufgestellten Ofen, so ähnlich wie die Katze um ihr Schwänzchen, und ich wiederum verfolgte mit pochendem Herzen das herannahende Unheil aus der Distanz. Eigentlich hatte sich die Situation schon längst entschärft, wir hüpften und lachten ungehalten, und plötzlich fiel Günter überschwänglich auf den geöffneten Backofendeckel, und das nicht eben so mal locker, sondern mit seinem frisch erwachten, fröhlich hüpfenden Popo. Die großen Augen des Kleinen starrten mich flehentlich an, ich konnte kaum einen Fuß vor den anderen setzen, und die Freunde suchten eiligst mit Schuld im Bauch das Weite. Nun hatte ich die Bescherung: In Sekundenbruchteilen wurden wir mit unserem Schicksal alleine gelassen. Günter sprang entsetzt, vom stechenden Schmerz gepeinigt, auf, so dass ich mit einem Satz zu ihm fand, seine kleine Hand ergriff und ihn an mich zog. Sein

Brüllen in meinen Ohren ließ eine Furcht in mir aufsteigen und die Vision, die Reaktion meiner Eltern. »Warum nur muss dieses geschehen, warum nur dieser dumme Lauf, warum nur das gewaltig heiß spuckende Gerät?« Aber ein leichtes Grinsen, mit dem Gefühl von Heiterkeit, konnte ich mir auch nicht verkneifen. Ich sah in entsetzt funkelnde Augen hinein, die nun beginnende Stille war bedrückend, und ich fragte mich nur noch, wann Maminka endlich zur Tür hereinkäme, um dieses Chaos wieder in Ordnung zu bringen. Ein unterdrücktes, tiefes Seufzen entfloh den Lippen des Kleinen und die Pobacken glühten rosarot, sehr auffallend rötlich. Ich versuchte den Bengel zu trösten, als Maminka endlich rettend im Zimmer erschien. »Jesusche, Maria, Josefe, was ist denn hier passiert!!?« Den Gesichtsausdruck möchte ich erst gar nicht erwähnen.

Die schönen Herbsttage hatten etwas sehr Wunderbares an sich, denn dann verwandelten sich die Blätter in traumhaft schöne Farben, die manchmal, gegen das Licht gesehen, zwischen den Fingern gedreht und bewundert, unterschiedlich bräunliche Rötungen hervorzauberten. Die spätsommerlichen großen Äpfel wurden in die Flammen eines Lagerfeuers geworfen und an kleinen Baumästen wieder herausgepickt.

»Komm, Heluschka, setz dich zu uns.« Das ließ ich mir kein zweites Mal sagen, war ich doch auf das gespannt, was die Kinder dort machten. Nachdem die heißen Leckereien abgekühlt waren, die Kleinen und Großen lauernd um die brennenden Äste hockend, war der erste Biss so berauschend köstlich, dass ich in Windeseile und mit einem genüsslichen Seufzer den Bratapfel verschlang. Die Luft roch süß und herb zugleich, denn das Laub, die Äste und Zweige und der Saft der Frucht ergaben eine perfekte Mischung, welche sich als Geruchsrhythmus im frischen leichten Wind wiederfand. Die verborgenen Schätze der Natur kamen so frei und ich erahnte nur die Schönheit, die sich darunter verbarg. Was so himmlisch duftete, musste einfach noch mehr verheißen. Dieses abendliche Lagerfeuer war damals sehr wertvoll für mich und ich fühlte so viel Geborgenheit: Das Knistern der Feuersglut, die warm erhellten Gesichter ringsum, das fröhliche Lachen, einfach alles.

Noch nie hatte ich mit so vielen Kindern toben können, und dies war eine neue und ungewohnte positive Erfahrung für mich, die ich ungehindert genoss. Der kleine Bruder war ein verrücktes, tollendes Kind, auf welches ein kritisches Auge geworfen werden musste, denn die Gefahr lauerte immer auf – überall. Ja, so war das, immer mit dem Gefühl der Gefahr im Nacken – es wurde nie langweilig und einseitig, das war eindeutig klar.

Der unterirdische Bunker, dessen oberstes Teil ein wenig herausragte, war ein beliebter Treffpunkt, und das Tollen darauf brachte irrsinnigen Spaß. Doch das unbeabsichtigte Verlieren einiger Gegenstände ließ sich durch die runden Öffnungen, die sich direkt auf der Spielfläche befanden, nicht vermeiden. So eine Art Luftlöcher, nicht gerade groß, und diese sahen tief und dunkel aus, wenn ich hinunterlugte, um wieder einmal nach der Brille meines Bruders suchend zu schauen, und eine leichte Gänsehaut breitete sich über meinen Körper bis hin zur Kopfhaut aus. Und das war äußerst unangenehm. »Brr, die hol ich da nicht wieder hoch!«, sagte ich energisch und drehte meinen Kopf zu Günter hinüber, der ebenso erwartungsvoll neben mir hockte.

»Lawum nicht, Heluschka?! Du musst aber, ich sehe sonst nichts!«, waren die Worte des Kleinen, der mich ganz flehentlich mit seinen großen braunen Augen anschaute.

»Nein, ich nicht! Wir fragen Tatinek!« Es hieß nämlich, Ratten würden dort unten ihr Unwesen treiben. Vielleicht war das der Grund dafür, dass bisher noch kein rettender Prinz die Mauern berührt hatte. Für Tatinek musste es jedenfalls die Hölle gewesen sein, als er in eine schmale ebenerdige Öffnung seitlich hineinkroch, sein Arbeitsoverall schützend auf seiner Haut, auf der Suche nach der verschwundenen kleinen Kinderbrille. Wie gebannt standen wir Kinder jedes Mal vor dem Ausgang, der auch gleichzeitig der Eingang war, und manchmal hielt die Abwesenheit so lange an, dass mir Angstperlen die Stirn hinunterliefen.

»Günter! Wegen dir ist ihm jetzt was passiert!« Ich hoffte innerlich jedoch auf ein gutes Ende.

»Quatsch! Der Tatinek kommt schon!«

Das Verlorene gerettet, sandig und staubig herausrobbend, bat Tatinek mit strenger Miene meinen Bruder, sorgfältiger auf die Brille zu achten. Aber so richtig energisch war das nicht, Maminka hatte da eine ganz andere Tonlage! Günter schwor mit einem unschuldigen Augenaufschlag, doch das nächste Mal ließ nicht lang auf sich warten. Dann die gleiche Prozedur, und ein halb energischer Tatinek beendete das Schauspiel.

Wir erlebten wunderbare, aufregende und auch traurige Monate des ersten Jahres in diesem fremden Land. Meine heimatliche Welt existierte einfach nicht mehr, die neue überhäufte mich mit so vielen Eindrücken und das Familienidyll war ins Wanken gekommen.

Im Winter wurde es sehr kalt in unseren drei kleinen Räumen, und die glühenden Holzscheite im Ofen vermochten den eisigen Wind, der durch die kleinen Ritzen der Holzwände den Weg hineingefunden hatte, auch nicht vertreiben. In der Küche, die auch gleichzeitig als Wohnzimmer diente, stand in einer Ecke auf einem Podest ein Ofen, auf dem die Mahlzeiten meisterhaft zubereitet wurden, und ein alter Küchenschrank rechts davon. Unlängst aus meinen Gedanken verbannt – vielleicht Sommer oder die kalte Jahreszeit –, als die Zaubermenüs zu Luftschlössern wurden, als das Fach für die lebenswichtigen Tagesrationen immer weniger aufwies, als

Maminka und Tatinek die Wahrheit verheimlichten und als das Knurren meines Magens unerträglich wurde und die Übelkeit mich überfiel. Ich glaube, meine Eltern aßen einige Tage nichts, während wir Kinder die Reste zugeteilt bekamen, bis auch diese nur noch ein Häufchen Nichts zum Vorschein brachten. Noch nie hatte ich den Hunger so nah an meiner Seele gespürt und noch nie wünschte ich mir sehnsuchtsvoll lauter schöne, saftige, frische Leckereien. Aber das Fach blieb leer, erfreulicherweise kurz. Überschwänglich, dass wir nie wieder hungern mussten, vergaß ich schnell diese Episode – ich wollte sie vergessen!

Auch kann ich mich an eine lange Reise – wahrscheinlich subjektiv empfunden – in den Süden erinnern, an viele schöne Häuser, an den Berghängen gelegen. Dort erinnerte mich die Landschaft an meine Heimat und ich wünschte mir, wir würden nie wieder zurückfahren in den Norden, wo jetzt nun unser Zuhause sein sollte.

Maminka strahlte auf dieser Reise. »Hier ist es wunderschön!« Sie blühte auf und Tatinek meinte: »Dies ist unser Urlaub, leben werden wir im Norden.«

»Was ist Urlaub?«, dachte ich, mich fragend. Meinetwegen könnten wir dort bleiben. Urlaub ist dann »doof«, wenn es nur für kurze Zeit bedeuten sollte. Die Ankunft in unserer Barackenwohnung fiel entsprechend desinteressiert und emotionslos aus. Dann war alles wie vor unserer Reise. Echt, Urlaub ist doof!

Es war meistens sehr spannend, wenn Tatinek unsere Aufsichtsperson war, denn dann traten die unmöglichsten Phänomene ein und Maminka kämpfte sich dann durch das Chaos hindurch. Diese Geschichte konnte Tatinek wirklich nicht beeinflussen. Denn da waren nur die kleinen, flinken, fleißigen und hungrigen Ameisen ganz und gar allein beteiligt. Ich hatte bis dahin Ameisen nur aus dem Wald gekannt und empfand sie als putzig und überhaupt nicht unangenehm, solange ich mich in keinen Ameisenwall setzte. Aber dieser Tag unserer Ankunft, aus dem »Urlaub« kommend, bescherte uns eine überaus freudige Überraschung: Neue Vorräte sollten in den Schrank eingeräumt werden und ich erschrak, als ich die Brotkastentür öffnete. Um das Honigglas herum machte sich eine kriechende aufgescheuchte Horde von Ameisen daran, sich Zugang zu der leckeren süßen Speise zu verschaffen. Sie kamen aus allen nur erdenklichen Ecken der Rückwand hervorgekrochen, aber in einem so schnellen Tempo, dass ich mir einen kleinen Aufschrei »Iiii!« nicht verkneifen konnte. Ich war schockiert, wie diese kleinen Tiere, deren Zuhause der wunderschöne Wald war, sich in unseren Küchenschrank verirren konnten. Meinen leisen Schrei ignorierten diese schwarzen hastenden Dinger, ich war ihnen völlig egal oder sie wollten mich einfach nicht sehen. Der Sog des Süßen übte eine starke Wirkung auf sie aus. Das war die einzige Erklärung für mich.

»Ich dachte, wir hätten keine Vorräte in Brotfach?«, fragte mein Tatinek erschrocken.

»Ist ja auch so, nur das Honigglas. Das sind aber ein paar hungrige Ameisen! Die riechen aber auch alles. Egal. Nehmen wir das Glas weg und dann ist der Spuk auch bald wieder vorbei«, sagte Maminka lächelnd und fing sofort mit dem Putzen an. Für sie war alles witzig und hatte immer eine gute Seite.

Tatinek und ich hatten uns furchtbar lieb, so unsagbar lieb, dass er mich oft durch die Luft wirbelte, wenn er auf der Couch auf dem Rücken lag. Danach war ich immer sehr außer Atem, strahlte ihn an und sagte meistens: »Weißt du, Tatinku, wenn ich erwachsen bin, dann werde ich dich heiraten.« Und ich fieberte schon diesem, wenn auch fernen Tag entgegen. Manchmal machten wir auch Kunststücke, wenn er so auf seinem Rücken dalag. Er umfasste meine kleinen Hände mit seinen großen, am Handrücken behaarten Hände. Dann beugte ich meinen Oberkörper vor, stand zwischen seinen Beinen, die gebeugt unter meinen Bauch verschwanden, um dann seine Fußsohlen gegen meinen Bauch zu drücken. Ich konnte mir nicht verkneifen zu kichern, da die Zehen mich zu kitzeln begannen. Nach dieser ganzen Spielerei stemmte mich Tatinek in die Höhe, ich wackelte und zappelte mit meinen Füßen und Beinen. Während ich eine ganze Zeit dort oben verweilte, schaute ich mit leuchtendem Blick in die wunderschönen blauen Augen von Tatinek und dachte: »Ach, wie lieb ich dich doch habe!« Ich genoss diesen Zustand und packte meine Seele voll mit seinem liebevollen Blick, um dann davon zu naschen, wenn er mal in brenzligen Zeiten nicht für mich erreichbar war.

Günter war zu diesem Zeitpunkt meistens mit sich selbst beschäftigt, auch wenn dies unter anderem bedeuten konnte, dass er Unfug trieb, so musste ich mich nicht davor fürchten, wieder alles alleine ausbaden zu müssen, da Maminka und Tatinek alles ganz fest im Visier hatten. Sein Vorhaben wurde jedes Mal enttarnt und seine schauspielerischen, exzentrischen Ausbrüche änderten nichts an der unwiderruflichen Tatsache. Ich konnte an solchen Tagen frei aufatmen, mich mir selbst widmen und der Verantwortung des Schwesterdaseins entziehen.

Während dieser Zeit hatte sich ein sehr starker freundschaftlicher Kontakt zu einer ebenfalls tschechischen Familie entwickelt: Der älteste Sohn und ich hatten eine besondere Beziehung zueinander, auch wenn uns neun Jahre voneinander trennten. Immer ärgerte mich dieser Jüngling, und ich stellte schon lange Überlegungen an, wie ich mich an ihm rächen könnte. So kam auch der Tag, an dem ich meine Rachegelüste verwirklichen konnte, und dieser sollte für mich sehr, sehr lehrreich enden! Wir spielten an diesem nichtssagenden – ohne besondere Zwischenfälle – Sommernachmittag irgendein Ballspiel, für das ich mich unheimlich begeisterte, selbstverständlich nur vortäuschend.

»Komm, Mischa, wirf mir zu, aber nicht so doll!«
»Wieso nicht? Du bist doch stark!«, antwortete er grinsend, und zack! landete der Ball in meinen Händen.

So spielten wir eine Weile. Jedoch in einem günstigen Augenblick, als ich den Ball sicher in meinen Händen wusste, lief ich, so schnell mich meine Beine befördern konnten, durch den Treppenflur auf unseren Hauseingang zu. Ehe Mischa begreifen konnte, welches Spiel ich nun trieb, hatte ich schon unsere Haustür hinter mir ins Schloss fallen lassen und drehte schnell den Schlüssel um. Ein leichtes gehässiges Grinsen konnte ich mir nicht verkneifen, als ich atemlos mit dem Rücken zur geschlossenen Tür lehnte und schon die schnellen Schritte von Mischa vernahm, der nun versuchte, mit starkem Rütteln an der Tür hineinzukommen.

»Heluschka, komm, lass mich rein, dann mach ich dir auch nichts!« Ein etwas gereizter Unterton drang mir entgegen, denn auch er wusste, dass er verspielt hatte und ich als Siegerin hervorgehen würde. Ich blieb stumm. Diesmal war ich die heroische Radikale, die sich von den Ketten des patriarchalischen Machtinstruments befreit hatte; endlich hatte ich Mischa entthronen können. Großer, unzerstörbarer Stolz umhüllte mich; ich konnte es ihm heimzahlen, ohne irgendeine Chance für ihn zu entrinnen! Doch leider hielt sein Rütteln und Klopfen nicht lange an. Plötzlich verstummten diese Geräusche und seine Stimme ebenso. Ich lauschte, wie er sich schnellen Schrittes entfernte. Gelitten hatte er nicht ernsthaft genug, und das versetzte mich in eine bitterböse Stimmung. Unfassbar, es missfiel mir ganz und gar! Nun stand ich horchend hinter der dünnen hölzernen

Tür und hoffte, schon bald Mischa wahrnehmen zu können, aber es tat sich nichts. Ich wurde nach einer sehr langen Weile unruhig und neugierig, drehte den Schlüssel nach links und öffnete vage die Tür einen kleinen Spalt, lugte hinaus. Nichts war zu sehen. »Gut«, dachte ich mir, er hatte sich nicht im Treppenhaus versteckt. »Ich muss unbedingt herausfinden, was er jetzt treibt.« Ein ungutes Gefühl überfiel mich, seine Abwesenheit und diese Gleichgültigkeit konnten nichts Gutes bedeuten. Ich tappte schleichend vors Haus. Auch hier konnte ich ihn nicht erspähen. Aber ... mit Entsetzen starrte ich auf den leeren Platz vorm Haus, welcher immer mit meinem Roller belegt war. Nun war dieser auf und davon, und ich wagte kaum daran zu denken, wem er zum Opfer gefallen war. »Nein«, schrie mein Herz auf, »dieser Halunke!« Um mich herum herrschte eine gespenstisch ruhige Stille, die abrupt durch das Erscheinen Mischas unterbrochen wurde. Wir standen uns wie zwei Bären gegenüber. Ich blickte ihm ganz tief und drohend in die Augen – auch wenn ich dabei hochschauen musste – und wurde wütend, als ich ihn vor mir wie ein Hahn aufpusten sah. Seine Brust hob sich höher und höher, um seine Mundwinkel formte sich ein spöttisches Lächeln und seine Hände stemmte er demonstrativ überlegen in die Hüften. Was sollte dieses absurde Spielchen!

»Wo ist mein Roller?!« Und im selben Moment schlug er mir den Ball aus der Hand. War mir auch egal.

»Schau doch mal hinters Haus«, vernahm ich seine ruhige, jedoch boshafte Stimme.

Hinter mir eine Staubwolke, als ich losrannte, um nach meinem allerliebsten Stück zu suchen. Keuchend erreichte ich die Stelle, an der ich zu Tode erschrocken stehen blieb, als ich meinen Roller so elendig abgestochen auf dem sandigen grauen Boden liegen sah. »Wie konnte er mir – dir – das nur antun?!« Tränen rollten meine Wangen hinunter, sie schmeckten salzig und ich kniete mich langsam nieder, um ihn zu trösten und um Verzeihung zu bitten. Warum hatte Mischa nur immer diese grausamen Ideen! Was hatte ich ihm getan? Ich hatte nichts zerstört! Weiter flossen meine Tränen, sie wollten nicht enden, es war eine unbeschreibliche Tragödie. Ich war einem großen Irrtum aufgefahren, als ich dachte, diesmal als Göttliche den Thron besteigen zu können. Ich verdammte diesen Tag. Niemandem erzählte ich von dieser Scham, denn es war ein sehr bitterböses Spiel zwischen Mischa und mir, was nur wir beherrschten, denn irgendwann sollte schon mein Tag kommen, dachte und hoffte ich.

Unzählige kleine Geschichten, aber manchmal auch gewaltig große, begleiteten mich, und irgendwie glaubte ich, dass das Erlebte in diesem fremden Land anders geartet war und ich mich an diese Fremdartigkeit gewöhnen musste. Auch Maminka und Tatinek verhielten sich sichtbar sonderbar. Mein Gefühl signalisierte mir, dass die gewohnte Zufriedenheit, die die gloriose – meine ach so ferne – Heimat symbolisierte, fast ausnahmslos fehlte. Strenge, scharfe Worte und Hast anstelle von Verständnis traten ein. Frustriert verzog ich mich dann in meine Ecke, wenn mich diese Art von Ohnmacht überfiel und ich meine Eltern streiten sah, und auch das Hören reichte mir schon. Mein Elixier war dann meine Traumwelt, die mich in einen Hauch von Nebelschleier hüllte, dann lebte ich meine Sehnsüchte aus. Aber diese Schutzmauer währte nicht lange genug, denn die Realität holte mich schnell wieder ein. Der Tag, der mich aus meiner gedankenlosen Welt herauszog und um einiges reifer werden ließ, war der Tag, an dem es einen tosenden, verbalen Schlagabtausch zwischen Maminka und Tatinek gab. So hatte ich die beiden nie erlebt, niemals! Günter und ich wussten nicht, wie uns geschah. Da die Situation völlig unerwartet aus dem Nichts entflammte, drückte ich meinen kleinen Bruder ganz fest an meinen Körper, während ich einige Schritte weiter in die Ecke des Zimmers ging. Maminka war gerade dabei, die Türen zu reinigen, stehend auf einem Stuhl, den Putzlappen in der Hand, die kreisende Bewegungen auf der kleinen Fensterscheibe im oberen Drittel der Tür machte. Die beiden waren gereizt und beschuldigten sich irgendwelcher Dinge, sie steigerten sich bis an den Abgrund des Bösartigen. Tatineks Stimme wurde energischer und tiefer, Maminkas schriller und lauter. Ich hielt mir die Ohren zu, wollte dem Fegefeuer nicht folgen, mein Wille einzugreifen scheiterte an meinem nicht vorhandenen Mut. Was sollte ich schon ändern können, ich, die kleine siebenjährige Heluschka! Vielleicht würde dieser tosende Sturm bald vorüber sein, hoffte ich. Plötzlich ein lautes Klirren und gleichzeitig ein dumpfer Aufschlag. Meinen Augen mochte ich nicht trauen, denn Maminkas rechte Hand hatte versehentlich das Glasfenster, welches sie gerade auf Hochglanz poliert hatte, durchstoßen. Zuerst war Stille, doch im darauffolgenden Moment ein Schmerzensschrei, der meine Sinne gefrieren ließ. Tatinek eilte zu ihr, riss sie vom Stuhl, setzte sie darauf und versuchte das Blut, welches unaufhörlich aus ihrer Wunde spritze, mit irgendwelchen Tüchern zu stoppen, er band den Oberarm mit einem Gürtel ab. Danach ging alles sehr schnell: Ein Nachbar alarmierte das Krankenhaus aus der Telefonzelle heraus, und schon bald hatte ich den ersten visuellen Kontakt mit einem Krankenwagen; er gab sehr laute, Angst einflößende Töne von sich. Maminka wurde darin ins Hospital gefahren. Sie hatte noch lange danach sehr viele Schmerzen und erneute stundenlange Operationen auszuhalten. Wochenlang musste sie einen Gipsverband tragen und war somit in ihrer sonst so gewohnten Aktivität eingeschränkt.

Von diesem Tage an schien zwischen den beiden eine Verwüstung stattgefunden zu haben. Ich wagte einfach nicht danach zu fragen, warum dies Entsetzliche geschehen musste. Ich wandte mich schnell wieder meiner kleinen Welt zu, den bunten Gehängen an den Bäumen zum Beispiel, von denen warnend gesagt wurde, dass sie giftig seien. Trotzdem schaute ich immer wieder zu ihnen hoch, wenn ich daran vorüberging, um festzustellen, dass diese prallen Beeren einfach farbenfroh lustig aussahen und einem Kinderleben doch nichts anhaben würden, wenn schon die Vögel davon unachtsam naschen konnten. Der Reiz war ausgesprochen groß und doch waren die mahnenden Worte tief in mir verwurzelt, sodass ich die Finger und auch Gedanken davon ließ.

Der Kindergarten gefiel mir nun von Woche zu Woche besser, und ich fing an, auch ihre Sprache zu sprechen. Alle hatten sie das große Staunen bekommen, als ich das erste Mal ein Wort verlauten ließ, welches sie verstehen konnten. Dann folgten Sätze, so viele, dass selbst ich ins Staunen geriet und glaubte, dass dies nicht meine Lippen formten, nicht meine Stimme, die diese fremdartigen Worte in das Da-Draußen entließen. Ich fühlte mich von Stolz beflügelt, und somit gab es von diesem Tage an keine sprachlichen Barrieren zwischen mir und den anderen Kindern, die mir doch zu Beginn sehr skeptisch und ablehnend gegenübergetreten waren. Morgens gab es zu unseren mitgebrachten belegten Broten einen herrlich schmeckenden Kakao, der frisch aus der Küche von den Erzieherinnen geholt wurde, und ich konnte mich fast hineinlegen, wenn der Becher meine Größe gehabt hätte, so sehr lockte das Schokoladige. Manchmal holte mich Tatinek vom Kindergarten ab. Folglich auch an diesem Tag, als wieder einmal ein unvorhergesehener kleiner Unfall Maminka in helle Aufregung versetzte. Ich liebte es, mit Tatinek durch die Gegend zu fahren, hinten auf dem Fahrrad sitzend. Auch wenn es nicht mehr das Motorrad aus vergangenen Tagen war, so fühlte ich mich, Tatinek fest umklammernd, wie in Wolken eingehüllt. Ich schloss dann meine Augen ganz fest und lauschte dem an meinen Ohren vorbeisausenden Wind, welcher je nach Kopflage unterschiedliche Töne von sich gab. Und je weiter wir zu unserer Wohnung hinausfuhren, kitzelte mich die frische gräserne Luft, die ich tief und innig einatmete, herrlich. Doch dieser Tag endete mit einem Schock. Jawohl, denn plötzlich spürte ich einen entsetzlich stechenden und beißenden Schmerz, das Fahrrad kam abrupt zum Stehen und Tatinek sprang entsetzt vom Sattel ab. Erst jetzt wurde mir das Ausmaß bewusst: Meine Beine waren, ermüdet, weiter nach unten abgesackt, denn normalerweise hielt ich sie stramm vom Rad entfernt. Nun hatte sich mein, in wunderschönen weißen Kniestrumpf eingekleidetes, linkes Bein in den Speichen verfangen. Erst der Schmerz ließ mich aus meinem Traum gnadenlos erwachen. Ich hörte mich nur noch ohrenbetäubend schreien und hatte keine Ahnung, wie mir geschah, denn Tatinek wirbelte am hinteren Rad herum und mein Fuß schien nicht mehr der meinige zu sein. Ich hatte ein unangenehmes fleischiges Gefühl da tief unten an meinem Körper und meine Augen weigerten sich krampfhaft, auf diese Szenerie hinabzuschauen. Radikaler

Schmerz ließ einfach nicht ab von meinem Körper. Tatinek jedoch frappierte mich so sehr mit seiner Ruhe und fabulösen Art, auch wenn Günter vorn im Sitz Entsetzen ausströmte, dass er mir meine Schmerzen ein wenig mit seinen tröstenden Worten nahm. Ich kann mich nicht mehr erinnern, wie schnell wir zum Unfallarzt gekommen waren und dass wir überhaupt eine Arztpraxis betreten hatten. Meine Erinnerung nimmt erst dann wieder Strukturen an, als ich mit dem wunderschönen weißen Gips, der mir bis zum Knie ging, vor Maminka stand und sie keineswegs in Freudengesänge verfiel, sondern blass wurde und mich hockend in ihre zarten Arme nahm, Günter und Tatinek Hand in Hand wie zwei nasse Laubfrösche abseits stehend. Plötzlich war ich Mittelpunkt und ich genoss es, denn meine Bewegungsunfähigkeit erlaubte mir ungeahnte Grenzen zu überschreiten und es behagte mir ganz und gar. Mein kleiner Bruder war von dem Tag an, als es geschehen war, noch immer so verworren, dass seine meist übliche geschwisterliche Bosheit zunächst ad acta gelegt wurde. Meine Behinderung entwickelte sich rasch zu einer ungeheuren positiven Tatsache, denn alle und jeder, selbst Mischa, waren so lieb und großzügig, dass ich einige Wochen intensiv diese Herzensliebe gierig in mich hineinsog. Nun ist jede Zeit vergänglich, auch wenn sie im Herzen bleibt; so wurde mir der mittlerweile lädierte Gips entfernt und ich durfte meinen, ein wenig tauben, Fuß wieder in den Kniestrumpf und Schuh zwängen. Nach einigen Tagen schon sprang ich wie früher auch über die Wiesen und den Bach, lief, wie ich es immer gewohnt war, um den Häuserblock, um wieder einmal als fast Schnellste ins Ziel zu gelangen. Alles war vergessen und wie schnell schon kam das nächste wunderschöne Ereignis auf mich zu.

Ich schaute lächelnd direkt in den auf mich gerichteten Fotoapparat, es machte »klick!«, mehrere Male hintereinander. Dann erst durfte ich mich dem farbigen, schweren, kartonartigen, spitz auseinanderlaufenden Etwas, welches fast meine Größe hatte und ich fest umklammert hielt, widmen. Ich öffnete das dünne Papier, welches die Öffnung verschloss: lauter bunte Süßigkeiten, groß und klein, leckere braune und helle Kekse; je weiter ich kramte, entsprang eine neue süße Leckerei hervor, auch »Die drei Musketiere«. Ich war entzückt über den Inhalt der riesigen Schultüte und freute mich schon auf das Danach, wenn es für mich hieß, alles zu verschlingen, na ja, mein kleiner Bruder sollte auch daran teilhaben. Nicht nur die Sonne strahlte an diesem Tag, sondern auch mein aufgeregtes Herz. Etwas wahrhaft Unvorstellbares war geschehen, denn ich trat in die unsagbare Welt der Großen hinein, ich sollte dort vieles lernen und der tägliche Mittagsschlaf würde endlich der Vergangenheit angehören! Mich reizte der Gedanke an das Neue da draußen so sehr, denn ich wusste, dass mich die vielen Erwachsenen in der Schule sehr lebensklug machen würden, und davon konnte ich einfach nicht genug haben. »Klick!«, machte der Fotoapparat in Tatineks Händen und ich lächelte tief und innig mit einem kleinen erlösenden Seufzer.

Der darauffolgende Sommer war so erfolgreich für mich, dass ich mich schon bald vor Eigenlob auf ein Podest stellen wollte, damit jeder meine positive Veränderung eingehend betrachten konnte, auch wenn die kameradschaftliche Unterstützung von Mischa, meinem Peiniger, kam. Jawohl, dieser boshafte Junge hatte mich ungeniert überlistet und mich zunächst in Panik und dann ins Jubeln versetzt. Günter und ich waren wie oft an heißen Sommertagen mit den Chichons, so hieß die Familie von Mischa, zum Freibad mit den Fahrrädern gefahren. Wir beide wurden auf irgendwelchen Gepäckträgern oder Fahrradstangen untergebracht. Die Zeremonie des Lagerausbreitens wurde vorherrschend mit viel Gelächter begleitet, die Decken wurden kreuz und quer ausgebreitet, der nötige Proviant von der Sonne geschützt in den Schatten gestellt, die Kleidung rasch abgelegt, die Schwimmflügel eiligst aufgeblasen, und ehe dies alles geschehen war, verschwanden wir jubelnd und fröhlich schreiend im Wasser. Eine Horde von Kindern, groß und klein, nahm Ansturm auf das Beckenwasser. Das Erste, was mich ereilte, war der körperliche Schock, als das kalte Nass mich umschloss. Ich musste kurz stehen bleiben, nach Luft schnappen und schnell in die Hocke gehen, um sogleich wieder hochzuschnellen. Manchmal kam es auch vor, dass Mischa mich umwarf, jemand an mir vorbeieilte. Er grinste jedes Mal, wenn ich auftauchte und das in mich hineingedrungene Wasser ausspuckte, meine Augen trocken rieb und ihn grimmig anschaute. Ich war besonders stolz darauf, dass ich eine Größe erreicht hatte, die es mir ermöglichte, an die Stäbe im Wasser heranzuhüpfen; diese trennten das Nichtschwimmerbecken vom Schwimmerbecken. Die Schwimmflügel hatte ich zur Sicherheit noch anbehalten. Da hatte Mischa die Idee, mir das Schwimmen beizubringen. Ernsthaftigkeit schien ich aus seiner Stimme herauszuhören, und nach langer Überlegung überwand ich meine Skepsis und nahm allen meinen Mut zusammen. Als Mischa mir erklärte, dass ich meine Schwimmflügel abnehmen musste, fingen meine Lippen an zu zittern und ich schrie: »Nein, dann gehe ich unter!«

»Ich halte dich am Bauch fest, du kannst gar nicht untergehen«, sagte er locker.

Brodelnd überfiel mich eine nie gekannte Qual und meine innere Stimme sagte mir, dass ich jetzt nicht feige sein sollte, sondern ihm zeigen musste, was in mir steckte. Ich hatte mehrmals zu schlucken, als ich die Flügel abnahm und in die von Mischa gewünschte Stellung verfiel. »Du hältst mich aber ganz fest, ganz bestimmt!«, so meine zittrige Stimme.

»Klar doch, Heluschka, ich pass auf dich auf!«, so seine beruhigende Stimme und sein typisches Grinsen. Meine Arme sollte ich kreisend von meinem Körper wegbewegen und wieder zurück, immer ganz dicht unter der Wasseroberfläche. Tatsächlich hielt er seine Handflächen unter meinem Bauch, ich war sicher gestützt, so dass ich mich auf diese verfluchten Armbewegungen konzentrieren konnte. Ungeschickt setzte ich einmal ganz kurz ab, schluckte unverhofft etwas Wasser, dann trieb mich Mischa von neuem an: »Komm, mach weiter, das ist echt klasse, wie du das machst, weiter so!« Die anderen tummelten fröhlich um uns herum, und wieder bewegte ich rhythmisch meine Arme, so wie Mischa es gesagt hatte. Einen ungewohnten Zustand, den es zwischen uns beiden so selten, eigentlich kaum gab. Wenn ich gehofft hatte, dass dies der gesamte Unterricht sein würde, dann hatte ich mich getäuscht, denn es folgte der zweite, schwierigere Teil. Nun sollte ich wie ein Frosch meine Beine bewegen und immer darauf achten, dass ich mit diesen nicht in die Tiefe hinabsackte, sondern immer kurz unter der Wasseroberfläche blieb. »Also, ich halte dich am Bauch, du bewegst die Arme und deine Beine, so wie ich dir gezeigt habe. Mensch, Heluschka, schau mich nicht so ängstlich an! Sie können alle schwimmen, schau dich um. Du auch!«, so mein Lehrer Mischa. Wie sollte denn das möglich sein, ich hatte doch hinten keine Augen! »Bin ich ein Frosch?«, dachte ich ein wenig störrisch. Ich war nur froh, dass Mischa mich festhielt. Plötzlich bewegte er sich mit mir von der Stelle weg und ich zitterte am ganzen Körper – weg von den Stäben –, aber da ich fest mit seinen Händen verhaftet war, erkannte ich keine bösartigen Absichten. Während er die Kreise mit mir zog, bewegte ich nach Anweisung meine Körperteile, anfänglich ein heilloses Durcheinander, und mit der Zeit und einigen Pausen wurden meine Bewegungen synchron. Ich versank in die auferlegte Technik und vernahm nur noch mich und das Wasser. Unbedeutend, wie lange dieser Zustand anhielt, wurden unverhofft die Handflächen unter mir weggezogen – eine kurze Panik in mir –, und anstatt schreiend unterzugehen, bewegten sich meine Arme und Beine wie die ganze Zeit zuvor weiter und … und ich blieb über dem Wasser! Ich glitt wie ein Schwan über die Wasseroberfläche und Mischa verhielt sich wie der große Meister.

»Siehst du, jeder kann schwimmen, auch du!« Endlich gab er mir seine Hände und ich konnte mich von der Anstrengung erholen. Leuchtendes Freudenfeuer kam in mir auf und ich war überglücklich, endlich auch hier die Grenze überschritten und mich mit Mischa innerlich versöhnt zu haben.

»Danke, Mischa, du bist mein großer Freund!« Meine Augen strahlten ihn dankend an. Tja, ohne ihn hätte ich mich nie wie todessüchtig in diese neue Welt hineingewagt. Ich war stolz, und wie! Hey, wirklich ohne theatralisch zu werden, es war ein großer Einschnitt in meinem jungen Leben, denn es zeigte mir, dass Zerstrittene auch sehr gute Freunde werden konnten!

Große Aufregung, als Maminka erfuhr, dass Tatinek einen Unfall während der Arbeit hatte. Eigentlich kann ich mich nur noch erinnern, wie mir geschildert wurde, was Tatinek widerfahren war. Als er endlich humpelnd, die Beine bis fast zu den Oberschenkeln in weißen Verband eingewickelt, heimkehrte, war ich erleichtert. Stürmisch lief ich auf ihn zu und umarmte ihn ganz fest, wollte den Schmerz von ihm abwenden. Ich sagte ganz leise, fast hauchend: »Tatinku, schön, dass du wieder bei uns bist. Hab dich lieb!« Außerdem bestand ich auf alle Einzelheiten: wie, wo und das Warum! Es gab in der Fabrik, in der Maminka und Tatinek arbeiteten, auch einige große Öfen, sie mussten hochkarätig groß gewesen sein nach der Schilderung von meinem geliebten Tatinek. Wie er so elendig, von Schmerzen geplagt, auf dem Stuhl saß und ruhig sein Erlebtes erzählte, rollten ungewollte Minitränen meine Wangen hinunter, fast nicht sichtbar. Meine Augen glänzten, ich schaute ihn mitfühlend an und meine mentale Kreativität reihte jedes von ihm gesprochene Wort so aneinander, dass ich genau die entsetzlichen Minuten leibhaftig und bildlich mitverfolgte. Immer wieder sah ich die Feuerfunken aus dem geöffneten Ofenschlund auf Tatineks Beine überschlagen, genau in dem Moment, als er am Heizofen, im blauen Monteuranzug bekleidet, vorüberging. Er stürzte sich sofort zu Boden und versuchte durch die unmöglichsten Bewegungen, das gelbrote Feuer zu löschen, während er nach Hilfe schrie. Es musste ungeheuerlich schmerzhaft gewesen sein, das brennend beißende Gefühl gewähren zu lassen und die Sekunden zu zählen, bis endlich einer der Kollegen ihm rettend zur Seite stand, eine Decke über beide Beine warf und das Feuer endlich ersticken konnte. Während die Worte seinen Lippen entrannen, klopfte mein Herz wie wild und die schrecklichsten Vorstellungen schwirrten mir durch mein kleines Köpfchen. Aber er war da, und auch wenn er alles zu verharmlosen suchte, konnte er mir nichts vorflunkern, denn seine Schmerzen plagten ihn und seine wunderschöne Beinbehaarung war dem Feuer zum Opfer gefallen. Die hab ich doch so sehr an ihm geliebt! Nun, Tatinek hatte noch seine Brusthaare und er war mir erhalten geblieben, natürlich uns allen! Also zwang ich mich wieder zu lächeln, wie wohl das tat!

»Mach es doch, wenn du sagst, dass du es kannst! Oder traust du dich etwa nicht?!«, hörte ich die aufgebrachten Mädchen und Jungen um mich herum fast brüllend von sich geben. Was hatte ich da nur angestiftet? Ich hatte doch nur behauptet, dass ich, ohne mit der Wimper zu zucken, hier an dieser Stelle ohne Sicherheitsvorkehrungen, ohne eine schonende Unterlage, nur mit einem Versuch, einen Kopfstand mit völlig durchgedrückten Beinen und geradem Körper zustande bringen könnte. Wir waren bereits den ganzen Tag unterwegs, in unseren Taschen genügend Proviant. Nun erblickten wir hier oben auf dem Berg das Tal, welchem wir entstiegen waren. Es war unbeschreibbar wunderschön und rief Erinnerungen an meine ureigenen Wurzeln hervor, die mich schon beinahe schmerzten. Es bot sich eine von Nadel- und Laubbäumen umsäumte Landschaft, es duftete nach Blumen und Moos, nach Sonne auf meiner Haut. Als wir diesen bezaubernden Ort erreichten, erfrischten wir uns mit den mitgebrachten Getränken, und schon nach kurzer Zeit verfielen wir Klassenkameraden in einen nicht zu bremsenden Spieltrieb. »Unglaublich«, dachte ich, dass es auch hier in diesem Land so eine Harmonie zwischen mir und der Natur geben konnte; ich versank in eine angenehme Schwermut. Ich tollte und hüpfte mit den anderen ausgelassen umher, bis ich plötzlich diesen spontanen Einfall hatte, zu fragen, wer den Mut aufbringen konnte, einen Kopfstand zu präsentieren. Unerwartete Stille trat ein, als jeder jeden fragend beäugte; auch ich wurde angestarrt.

»Klar, ich kann euch einen vormachen«, entgegnete ich eiligst den mich treffenden Blicken. Wie sollte ich die Situation betiteln? Ich, die immer zurückgezogen war, forderte ungeniert etwas, was niemand anscheinend vollbringen mochte. Nervosität packte mich, da ich ungewollt Mittelpunkt wurde, denn alle standen um mich herum. Also schluckte ich mehrmals, bevor ich zum Akt ausholte: über Kopf ins Gras, Hände links und rechts davon fest auf den Boden stemmend, Beine zum Körper angewinkelt, paar Zentimeter vom Kopf entfernt, und schwupp!, mit einem leichten Ruck zielten meine Füße Richtung Himmel, immer höher und höher, bis meine Statur eine ästhetisch graziöse Haltung eingenommen hatte. Moment, nur noch die Fußspitzen ausstrecken. So blieb ich eine Weile, die Kinder klatschten Beifall und bejubelten mich. Als ich wieder normal unter ihnen verweilte, wollte jeder wissen, welchen Trick es dabei gab. Es gab keinen. Auf den Marsch hinunter ins Tal: »Aber jetzt sag doch mal, es gibt einen Trick«, und: »Das musst du mir beibringen, unbedingt!«

Auch diese Liaison voller Abenteuer und Ausgelassenheit war nach einer Woche beendet und wir kehrten zu den Kühen und der grünen flachen Wiesenlandschaft zurück. Trotzdem war ich überglücklich, als ich in den Armen von Maminka und Tatinek lag. Mein Brüderchen hatte ich auf eine besondere, eigenartige, kaum unerklärbare Art vermisst.

Plötzlich verspürte ich eine schauderhafte Atmosphäre. Ich lief vor etwas Bedrohlichem davon, immer auf der schwarzen Asphaltstraße entlang. Nach einer langen Ewigkeit blieb ich stehen und mein schneller Atem beruhigte sich langsam, doch ein krächzendes, knarrendes Geräusch unter mir drohte den nächsten Schlag an und meine heiß glühenden Füße verselbstständigten sich. Zum Entsetzen von mir geschah das Unfassbare: Der Boden unter mir vibrierte, und wie von Göttern befohlen spaltete sich die Straße direkt unter meinen Füßen, vor meinen weit aufgerissen Augen. Sofort bremste ich ab, kam ins Taumeln, und ehe ich mir dessen bewusst wurde, öffnete sich der Spalt so gewaltig, dass ich geradewegs in die unendliche

Tiefe hinabglitt, in Zeitlupentempo. Dieser Fall war unaufhaltbar, ich führte einen ausweglosen Kampf, in dem ich am Ende hart und schmerzvoll endend aufschlagen würde. »Ich bin noch nicht bereit zu sterben«, war mein bittender, betender Gedanke. Ich sah mich, wie ich fiel, und ich spürte den Windzug an meinem Körper vorbeigleiten, wurde beinahe wahnsinnig und hatte aber die Hoffnung noch nicht aufgegeben, gerettet zu werden.

»Genau, das muss helfen!« Nun mobilisierte ich all meine geistigen Kräfte und befahl mir, energisch zu erwachen. Um aber doch noch von der Welt Abschied zu nehmen, arrangierte ich einen dramatischen Ausruf: »Sollte dies kein Traum sein, so möchte ich schmerzlos auf dem Grund aufprallen und sofort tot sein.« Parallel dazu ergriff ich weiterhin den Mut – wie ich zutiefst hoffte –, aus dem schrecklichen Traum – einem Horroralbtraum – zu erwachen. Wie eine Seifenblase zerplatzte der Fall und ich fand mich schweißgebadet in meinem Bett wieder.

Grässlich, dieser Traum jener Nacht! Denn eigentlich mochte ich gerne träumen, weil die Geschichten immer so schön waren und ich noch in Erinnerung an den Traum mit süßen Gedanken aufwachte. Manchmal beschwor ich meine Fantasie so sehr, dass ich noch im Halbschlaf weiterträumte, und das Ende war immer reich an sanften Gefühlen, Zufriedenheit und Geborgenheit. Wie allabendlich kuschelte ich mich auch an diesem verhängnisvollen Abend in mein Bett und schlief fast gedanken- und schwerelos ein. Schon bald ereilten mich die verschiedensten bunten, leisen, schrillen und auch abenteuerlichsten Träume. Diesen »Traum« wollte ich abstreifen. Nun lag ich da voller Erleichterung in meinem Bett, blieb steif liegen, fühlte meinen zittrigen kalt-nassen Körper und war unendlich dankbar für mein geschenktes Leben. Als ich so eine Weile vor mir gegen die Decke starrte, wurde ich mir meiner wiederkehrenden Körperwärme bewusst und ich konnte nicht anders als lächeln, erlösend lächeln, und ich löste mich endgültig von dem schlechten Gefühl.

Endlich hatten wir ein neues Zuhause, eines, welches richtige Wände hatte, keine dünnen Holzbretter! Es gab sogar zwei Etagen! Eigentlich drei mit dem Keller dazugerechnet. Fast jeder hatte sein eigenes Zimmer, anstelle des Holzofens trat der Ölofen. Na ja, so prickelnd war der Geruch beim Einfüllen des Öls nicht. Wir hatten sogar zur Rückseite des Reihenhauses einen kleinen Garten. Es war wie ein schöner Traum, der jedoch Wirklichkeit geworden war. Wir waren inmitten von deutschen Familien, Omas und Opas, es war eine schöne Spielbucht, denn die Straße wurde nur von denen befahren, die dort wohnten, so dass wir ein super Spielreich hatten. Auch hier konnte sich mein Brüderchen Günter, der bereits zu einem zierlichen, aber starken Dreijährigen herangewachsen war, auf seine Art und Weise austoben. Es gibt unendlich viele, beinahe unvorstellbare Geschichten über ihn zu erzählen.

Einmal hatte er wegen seiner unentwegten Neugierde für Verbotenes die Wirkung von Streichhölzern testen wollen. Er begnügte sich nicht mit dem bloßen Anzünden, sondern auch mit Folgereaktionen. Seine Augen mussten fiebrig geleuchtet haben, als er das brennende Streichholz in den Mülleimer warf und die kleinen Papierfetzen darin die Glut in sich hineinfraßen und plötzlich Feuer spuckten. Mit größter Wahrscheinlichkeit war er entsetzt einige Schritte nach hinten gesprungen, nachdem er die Mülleimerklappe hat runterschnappen lassen. Zum Glück hatten wir diesen beißenden, rauchenden Geruch rechtzeitig wahrgenommen. Maminka war zuerst am Tatort und löschte in letzter Sekunde. Danach drehte sie sich zu meinen Bruder um und der bohrende Blick sagte unwiderruflich alles. Bevor sie jedoch mit erhobener Stimme und drohender Gebärde loslegen konnte, legte Günter den Kopf zur Seite, steckte seinen Zeigefinger in den Mundwinkel und schaute wie ein Lämmchen in die Augen unserer Maminka. Es gab doch eine Predigt, wenn auch eine milde und beinahe zärtliche! »Wie macht er es nur?«, fragte ich mich.

Im zweiten Sommer erhielten mein Bruder und ich die Erlaubnis, ganz alleine mit unseren Fahrrädern, die Tatinek selbst aus mehreren Einzelteilen zum Ganzen zusammengebaut hatte, ins Freibad fahren zu dürfen. Die Strecke, die wir hinter uns ließen, war sehr beachtlich und die vielen Ampeln hinderten uns immer am zügigen Weiterkommen. Nachdem das

»Grüne Männchen« aufleuchtete, konnten wir endlich wieder durchstarten. Diese Stopper waren auch nötig, denn die vielen Autos machten mir schon ein wenig Angst. Jedes Mal, wenn wir auf der rettenden gegenüberliegenden Seite angelangt waren, atmete ich auf und kontrollierte, ob auch Brüderchen den Anschluss gefunden hatte.

So fuhren wir des Weges, immer weiter unserm Ziel entgegen, in mir die große Vorfreude spürend. Die heißen Sonnenstrahlen fielen auf den schwarzen stinkenden Asphalt nieder, welcher wahrscheinlich, wären meine Füße nackt gewesen, diese mit seiner aufgestauten Hitze verbrannt hätte. Ganz weit am Horizont sah ich eine leicht staubige, flimmernde Wolke, die mir nicht gerade erforschungsbedürftig erschien. Die stinkenden, lauten und hupenden Autos hatte ich mittlerweile aus meiner Gedankenwelt verbannt. Meine große Herausforderung war eine überdimensionale Straßenkreuzung, mit welcher wir gerade konfrontiert wurden. Mein Bruder war frohen Mutes und grinste mich an, er blieb jedoch an der Ampel stehen und fuhr erst auf meine Anordnung hin weiter. Stolz über meine schwesterliche Überlegenheit näherten wir uns endlich einem ruhigen Straßenabschnitt, der sogar links mit hohen Gräsern bewachsen war. Viel lieber wäre ich durch »meinen« Wald, der in der Ferne lag, gestreift und hätte Spaß an den wundersamen Dingen und den in mich tief einatmenden Duft, der betörend wirkte, gehabt. Aber dergleichen gab es hierzulande nicht.

Günters witzige Plauderei beförderte mich in die Realität zurück, schaute zur Kontrolle über meine Schulter. Ich musste mir doch eingestehen, dass er ein süßes Kerlchen war, dem ich oft seine Wünsche nicht abschlagen konnte, wenn Brüderchen seinen Kopf schräg hielt und unschuldig fragte: »Lawum nicht?« – Ich war in diesen Situationen nicht fähig, meine vom Alter her gegebene Stärke durchzusetzen. »Ja, was ist das!?«, bemerkte ich plötzlich. Ich blieb abrupt stehen, denn es war so still hinter mir geworden. Mein Herz klopfte rasend, als ich mich umdrehte. Ein entsetzlicher Schreck durchfuhr meinen Körper: Günter war weder zu sehen noch zu hören! »Günter!«, rief ich so laut ich konnte, ließ mein Fahrrad auf den sandigen Boden fallen und rannte den Weg zurück, begleitend mit dem lauten Ausruf: »Günter! Wo bist du?!« Keine Spur von ihm! Er konnte doch nicht weit weg sein, ich hatte ihn doch immer im Blickfeld gehabt! Oder hatte ich mich zu sehr mit meinen Seelenaffären beschäftigt, dass ich die Zeit darüber vergaß? Wurde mein Brüderchen einfach von irgendeinem bösartigen Ganoven abgeschleppt? Ich schrie »Günter!«, lief weiter und meine Augen tasteten systematisch mit Adlerblick den Weg ab. »Nein, bitte lass ihn nicht fort sein, ich hab ihn doch so lieb!«, beschwor ich zitternd alle Götter und guten Geister. »Was war das?«, dachte ich und blieb sofort stehen. Ich vernahm ein zartes Geräusch: Es raschelte rechts von mir in den Gräsern. Als ich mich dem Ursprung der Laute näherte, ein wenig in das Dickicht hineindrang, die Büschel beiseitedrängte, leise »Günter?« fragte, hörte ich ein Stöhnen. Als Nächstes sah ich den Kleinen!

»Heluschka, bitte hilf mir«, bat er liebevoll. Er lag so verloren und hilflos im Graben, er brauchte dringend meine Unterstützung. Leidenschaftlich schloss ich ihn in meine Arme und zog Brüderchen samt seinem Fahrrad heraus. Nun betrachtete ich ihn argwöhnisch und fragte mit verzogener Miene: »Was ist denn mit dir passiert?« Er sei ein wenig vom Weg abgekommen und plötzlich in diesem Graben gelandet, der auch noch voller Brennnesseln war. »Das tut so weh«, klagte er. Tatsächlich war er in einem desolaten Zustand: überall an den Beinen und Armen mit rötlichen Schürfwunden befleckt. Meine dahinschmelzende Schwesterliebe umsorgte ihn mit angemessenen Worten und Streicheleien. Innerlich musste ich darüber lachen, denn es war schon eine komische Situation gewesen, auch wenn dramatisch und voller Ängste behaftet.

Günter und sein Fahrrad von den kleinen Grashalmen befreit, fuhren wir weiter, wobei es mir nun überflüssig erschien, ihn zu ermahnen. Er war nah hinter mir, als ich mich umdrehte, und seine braunen Augen leuchteten mir entgegen. Im Freibad angelangt, sprangen wir, nachdem die Kleider und alles andere an seinen Platz gelegt wurden, ins kühlende Nass. Das hatten wir uns beide zu Recht verdient. An diesem Tag waren wir unzertrennlich und unsere Geschwisterliebe erfuhr einen heftigen positiven Anstoß.

An anderen Tagen konnte ich zum wütenden Monster werden, wenn Günter wieder eines seiner üblen Spiele trieb und ich mich vor den anderen Kindern schämen musste. Optimistisch genug war ich, wenn ich hoffte, Brüderchen würde wach werden, ohne sich zur Schau zu stellen. Unser Zimmerfenster war von Maminka mit den Vorhängen verdunkelt worden, damit der Strolch schnell vom Schlaf eingeholt werden konnte, und es zeigte zum Hinterhof hin, wo ich immer mit anderen Kindern den Nachmittag mit ausgelassenen Spielen verbrachte. Mal bauten wir uns Höhlen aus grauen Decken, liefen pustend um die Wette, Burgen aus Sand entstanden, turnten auf dem Rasen, ließen den Ball Purzelbäume schlagen, bis er beim Gegenüber landete, rauften uns auch manchmal oder spielten Fußball. Das ungehemmte Miteinander wurde zum Lebenselixier, ich fühlte mich glücklich! Bis ... bis ... unermessliches Leid mir Günter beim »ersten Mal« zufügte! Wir spielten draußen, als wir ein lautes helles Klopfen über unseren erhitzten Köpfen vernahmen. Zunächst wussten wir nicht, woher diese Laute kamen, aber dann meinte einer: »Schau, da oben, Günter!«, und lachte gehässig und zeigte mit ausgestrecktem Finger zu unserem Fenster im ersten Stock. »Was lacht der bloß so blöd?«, fragte ich mich irritiert. Im selben Moment vernahm mein Blick die Szenerie und Marcos höhnisches Gelächter war tatsächlich begründet. Davonrennen, verkriechen, flüchten, niemals wiederkehren, ein Nichts wollte ich in diesem erbärmlichen Moment sein! Überflüssig auch mein verzweifelter Versuch, durch Schließen der Augen der Realität zu entkommen. Als ich wieder die Augen öffnete, war alles beim Alten. Der Übeltäter von kleinstem Ausmaß stand auf der Fensterbank, er füllte die gesamte Glasfläche mit seinem Körperchen, ausgestreckten Armen und den hüpfenden Beinen aus und schnitt uns Grimassen. Wenn es nur das gewesen wäre, aber Brüderchen hatte wieder die Grenzen überschritten und kokettierte mit seiner »unteren« Nacktheit. Sein Unterhemdchen bedeckte seinen Oberkörper, jedoch die Unterhose hatte er abgestreift und bewegte demonstrativ seinen Popo in gekonnten kreisenden Bewegungen und sein Penis wackelte mit. Genau auf sein männlichstes Teil hatte er es abgesehen, an dem er ungeniert herumspielte. Das schallende Gelächter der Kinder wurde immer lauter und hemmungsloser. Überschattet wurde unser noch vor Minuten ausgelassener Spieldrang von diesem Auftritt und ich wäre am liebsten im Erdboden versunken. Ich distanzierte mich – mit hochrotem Kopf – von der grölenden Schar und signalisierte Günter, endlich mit der erotischen Freizügigkeit aufzuhören. Mein Appell blieb auf der Strecke! »Unerträglich, die Kinder um mich herum«, stellte ich fest und lief an ihnen vorbei ins Haus hinein. »Schaut euch den Blödmann an!« – »Der hat ja wohl nicht mehr alle Tassen im Schrank!« Mit dem Rücken zur geschlossenen Tür blieb ich zunächst stehen, schämte mich und der Zustand war zutiefst deprimierend. Einen klaren Gedanken musste ich fassen! Mit eiligen Schritten nach oben laufend, stand ich nun in unserem Zimmer, ging energisch auf Günter zu – er in seinem Element – und riss ihn wortlos von der Fensterbank hinunter. Aus war es mit seinem erniedrigenden Spiel! Meine Stummheit wurde von Brüderchen registriert, aber es überfiel ihn wieder ein Lachanfall, der mich fast zum Zerbersten brachte. Mein bitterböser, vernichtender Blick und der feste Griff um sein Handgelenk hielten seiner Revolte stand. Ich sagte drohend: »Das werde ich Maminka erzählen!« Dann verstummte sein Lachen und er ließ sich widerstandslos von mir anziehen. Das war ein sehr großer Fauxpas, den er sich an diesem Tag geleistet hatte. Kannte er keinen Ehrenkodex?!

Nie werde ich vergessen können, als der Lausbub von Günter seine Neugierde nicht in Zügeln halten konnte und wieder einmal einen dummen Zwischenfall provozierte. In unserem neuen Zuhause hatten wir ein eigenes schönes Zimmer mit Etagenbett, nebenan war das Schlafzimmer, diese waren im oberen Geschoss. Der große Dachboden war im Winter der beste Spielplatz für uns. Neben unserem Zimmer, auf dem kleinen Flur, lag die winzige Toilette. Auf der Eingangsebene befand sich ebenfalls neben einem kleinen Flur unser Wohnzimmer, von welchem wir in die Küche gelangten, die zum Hinterhof zeigte. Also genau der Raum unter unserem Zimmer. Einen kühlen Keller hatten wir auch, in dem Tatinek seine ganzen Handwerkergeräte lagerte. Ich sah ihm gerne bei seinen Arbeiten zu, die mich sehr faszinierten. »Wie kann nur so etwas Majestätisches entstehen und auch noch so zweckmäßig sein?«, fragte ich ungläubig. Meine Neugierde war groß, wissen zu wollen, warum das funktionieren konnte. Tatinek war voller Weisheiten und ein Meister des Machbaren. Die Treppe vom Keller führte direkt in die Küche, geradeaus war die Tür zum Hinterhof. Wir hatten sogar einen kleinen Garten, in dem wir ein kleines Sortiment an Gemüse und Obst angebaut hatten. Das Reihenhaus war nun seit einem Jahr unser neues Domizil und wir hatten endlich genügend Platz. Einmal die Woche wurden wir in einer kleinen Badewanne aus Plastik, die auf dem Boden in der Küche platziert war, gebadet. Günters Unberechenbarkeit versetzte ihn an diesem besonderen Abend in eine isolierte Welt.

»So, ihr zwei, macht euch schon mal bereit, es ist gleich Badezeit!« Maminkas Stimme klang fröhlich. Die kleine gelbe Wanne war bereits mit heißem Wasser gefüllt, der Dampf über ihr verflog und weiße dahinschlängelnde Wölkchen stiegen empor und verpufften. Dieses sanfte Schauspiel war trügerisch, denn ich wusste, dass das Wasser sehr heiß war. Günter sprang lustig herum, sang ein schönes Liedchen und hüpfte dann von einem Bein auf das andere. Es war ein schöner Anblick: die braunen glatten Haare wild umherfliegend, die tiefbraunen Augen belustigend und leuchtend, die winzigen Beine und Arme immer in Bewegung. Dieser zarte süße Fratz! Er freute sich auf das Wasser, in dem er dann in seiner kleinen Welt versinken konnte. Ich liebte diesen ungebändigten, fröhlichen und lebenshungrigen Jungen, mein Brüderchen! »Schallala, schallala, obladi, oblada ...«, so seine schöne sanfte Stimme. Als ich so entspannt und ruhig dasaß und die Situation gar nicht mehr richtig wahrzunehmen schien, fühlte ich mich für einen kurzen Augenblick in meine Heimat zurückversetzt. Blauer Himmel, Sonnenstrahlen durchfluteten die Wiesen und den Wald, mein Kätzchen spielte mit seinem Schwänzchen, unser Schwein grunzte vor sich hin, Maminka arbeitete im Garten,

Tatinek fuhr gerade mit seinem Motorrad vor und Günter lag schlafend in seinem Babywagen. Plötzlich zerplatzte meine Erinnerung und ich sah nur noch, wie Brüderchen seine Hände kerzengerade ins Wasser eintauchte. Sekundenbruchteile danach folgte ein Aufschrei voller Schmerz, seine Hände zog er sofort heraus. Tatinek eilte zu ihm hin, packte am rechten Oberarm zu und zerrte ihn zum Wasserhahn. Er kühlte seine verbrannten Hände mit kaltem Wasser, doch die Schmerzen waren so stark, dass er erbärmlich weinte, schrie und zappelte.»Günter, versuch das Aua gut auszuhalten, es wird bald wieder alles gut werden«, versuchte Tatinek ihn zu trösten. Er musste schnellstens zum Doktor gebracht werden. Maminka packte den Kleinen in seine Ausgehkleidung so schnell wie möglich ein und eilte den beiden auf den Flur hinterher. Während dieser geschlagenen zwei oder drei Minuten blieb ich wie angewurzelt stehen und hörte noch aus weiter Ferne Maminka ermahnend rufen: »Nicht ans Wasser, es ist brühend heiß!«

Als Tatinek mit Günter vom Arzt zurückkehrte, erkannte ich sofort, dass beide Hände verbunden waren. Dieses Unglück schien ihn nicht zu beeinflussen, denn er war wieder der Alte: lachte spitzbübisch und demonstrierte seine heroische Verwundung, indem er beide Fäuste in die Höhe hielt. »Schau, Ella, wie stark meine Fäuste sind!« So belustigend fand ich es nicht, aber Günter sah in jedem etwas Positives. Je länger ich jedoch über seinen Zustand nachdachte, interpretierte ich diesen zu meinem Vorteil! Jawohl, die Verbände sollten so einige Wochen die Hände umhüllen, und das war meine große Chance: Ruhe!

»Siehst du, Günter, du musst mit heißem Wasser aufpassen. Jetzt kannst du gar nichts mehr anfassen! Du bist wieder Baby!«, sagte Tatinek mit einem Gemisch aus »Siehe, was passieren kann« und »Vorlesen einer Gebrauchsanweisung«. Schonzeit für mich geplagtes Schwesterchen, keine brutalen Fausthiebe mehr! Günter war wehrlos geworden, ohne mein Dazutun. Freude im Bauch, Freiheit im Sinn und eine gute Portion Überheblichkeit machte mich in dieser friedlichen Zeit entspannt. Während meiner Herzens- und Gedankenfreiheit empfand ich doch ein bisschen Schuldgefühle. War ich im moralischen Recht? Dieser nie wiederkehrende Zeitabschnitt wurde für mich zum »gefahrlosen« annektiert, ich konnte mich kreativ entwickeln und Günter hatte passiv zu sein, denn jede Unvorsichtigkeit fügte ihm Schmerzen zu. Zum ersten Mal musste er nachgeben und ich stand als große unbesiegbare Schwester da. Nein, es war kein Betrug, es war Gerechtigkeit!!

Akzeptieren wollten uns die Menschen in unserer Straße nicht so recht, denn für sie waren wir andersartig. Das äußerte sich immer wieder an ihrem verletzenden Verhalten. Unterstützung erfuhren wir von den Menschen, die in der Kirche an der oberen Querstraße arbeiteten: Wir wurden mit Möbelstücken und Kleidung beschenkt. Die Freude war jedes Mal groß, denn es fehlte sehr oft an den einfachsten Dingen. Im

Herbst hatte ich mir aus dem riesigen Fundus eine schöne bordeauxfarbende Cordhose ausgesucht, die mir wie angegossen passte, was eigentlich selten der Fall war. Als ich sie das erste Mal »ausführte«, stolzierte ich fiebrig den Kindern entgegen, die sich bereits auf dem Rasen tummelten. Anstelle des üblichen freudigen Begrüßens standen sie alle plötzlich still da und betrachteten mich mit sichtbarem Argwohn. Sie durchlöcherten mich mit ihren Blicken. Hatte ich Rachgier darin gelesen? Was war in sie gefahren? Das Schweigen wurde plötzlich durch einen gehässigen Ausruf unterbrochen: »Schau dir die nur an! Die sieht ja aus wie aus dem letzten Jahrhundert!« Ich ging einige Schritte rückwärts und meine Mundwinkel fielen hinab, es fehlte nicht mehr viel und das große Weinen hätte mich eingeholt. Die Kinder lachten mich alle aus und zeigten mit demonstrativ ausgestreckten Fingern auf meine neue Hose. »Wie kann die nur so eine hässliche Hose tragen, so eng da unten und dann noch in Cord! Ist die doof!«, hörte ich einen Jungen brüllen. Ein Wirbelsturm entfachte in mir, und ich war mir doch so sicher gewesen, hier in diesem fremden Land eine neue Identität gefunden zu haben. Sie verwüsteten ungewollt meine Hoffnung auf ehrliche Freundschaft. Die Entfremdung fand in diesen Minuten mit einer Schnelligkeit statt, beinahe erschreckend, dieses rassistisch-kapitalistische Verhalten. Mir rollten schon die ersten Tränen langsam die Wangen hinunter, da drehte ich mich ruckartig um und rannte davon, die unwissende Meute hinter mir herlaufend, und immer grölten sie schallend: »Zigeunerin! Zigeunerin!«

Es klang in meinen Ohren wie: »Was willst du hier, du bist ein Nichts!« Wann würden sie mich je respektieren?! War das reine Illusion?!

»Bitte öffne deinen Mund ganz weit«, sagte der Mann, ganz in Weiß gekleidet, freundlich. Sitzend auf einem großen schwarzen Lederstuhl gehorchte ich und er nahm einige Instrumente, die wie metallene Stäbchen aussahen, in die Hand und führte sie in meine Mundhöhle. Ich wollte schlucken, aber es ging nicht. Er fuchtelte ein wenig an meinen Zähnen herum, dann waren die Instrumente wieder »draußen«. »Nun gut, da müssen wir wohl den einen Zahn ziehen«, befahl er noch immer freundlich. Mir war aber überhaupt nicht wohl dabei, gerade wegen der großen Schmerzen, die mich zusammen mit Maminka zu ihm geführt hatten. War seine Urteilskraft so groß, darüber zu bestimmen, was mit meinem unschuldigen Kinderzahn geschehen sollte?!

»Maminko, muss das sein?«, fragte ich ängstlich.

»Ja, aber es tut nicht weh«, sagte ihre sanfte Stimme.

»Solch ein winziger Zahn kann doch niemals so einen riesigen Schmerz verbreiten, oder? Nein!«, sagte ich mir innerlich.

Der Eingriff schien beschlossene Sache zu sein, denn der Stuhl, auf dem ich saß, wurde mittels eines Hebels nach hinten gekippt und ein großes grelles Licht über meinem Kopf positioniert. Und ehe ich noch irgendwelche wirklich ernsthaften Einwände aussprechen konnte, stülpte mir die Assistentin etwas, nach Gummi riechendes, Schwarzes über Nase und Mund. Dann hörte ich nur noch den Zahnarzt sagen: »Zähle bitte bis zehn.«

»Kann er das nicht selber oder sind wir jetzt in der Rechenstunde? Ich bin doch jetzt beim Zahnarzt! Was will der jetzt von mir? Aber ich tue ihm eben den Gefallen.« Also ich zählte laut, doch meine Sinne verließen mich und ich tauchte plötzlich in eine abstrakte Traumwelt ein. »Was war mit mir geschehen?! Sollte das jetzt meine neue Welt sein? Die gefällt mir aber überhaupt nicht. Ich will zurück, dahin, woher ich kam, und zwar schnell!« So wie ich gegangen war, so kam ich wieder: Ich wachte auf, saß noch immer auf dem Stuhl, mein Zahn war draußen, denn ich fühlte mit meiner Zunge ein Loch, und darüber war ich traurig. Das Beste an der ganzen Sache war: Der Schmerz hatte sich mit meinem Zahn tatsächlich verabschiedet. Das war endlich mal ein ehrlicher Mensch, der sich mein sonst so eingeschränktes Vertrauen verdient hatte. Gab es tatsächlich noch Hoffnung, nicht als Eremit in diesem merkwürdigen Lande zu leben?! Das sind doch gute Aussichten! Hallo Welt – ich komme!

Maminka stand in ihrem Morgenmantel auf der Straße und winkte Tatinek, der mit seinem Variant-Kombi davonfuhr. Es war menschenleer und still draußen, die Dämmerung am Horizont und die

Vögel begannen gerade ihr virtuoses Konzert. Ich stand an der Tür und war traurig, dass Tatinek nun die ganze Woche fernblieb, unerreichbar für meine Sehnsüchte und Wünsche.

Maminka tröstete mich: »Er kommt bald nach Hause, wenn Wochenende ist.« Das nützte nichts, auch die Tatsache, dass mein heißgeliebter Tatinek dort nicht zu entbehren war, wo er eben die ganze Woche gebraucht wurde. »Tatenko ist eben ein sehr guter Kraftfahrzeugmechaniker. Weißt du, er hat dort eine gute Arbeitsstelle«, besänftigte mich jedes Mal Maminka.

Er war an diesen Tagen zu weit weg von mir, unerträglich! Gemildert wurde meine Sturheit, wenn Günter und ich mit einem Mitbringsel hin und wieder überrascht wurden. Meine kindliche, ausgelassene Liebe überhäufte ihn, sobald ich ihn mit dem Auto vorfahren sah. – Tatinek sagte immer »Automobil«. – Meine Augen leuchteten, mein Herz bebte und mein Mund verlangte nach einem süßen Kuss, der nach Wagenschmiere und Auto schmeckte. Ich hatte ihn wieder!

Die Lehrer gaben mir tatsächlich eine Menge Antworten auf meine inneren Fragen, deshalb ging ich gerne zur Schule, auch wenn die Sprache noch immer etwas fremdartig klang. Der Schulweg war gefahrlos und führte in einen ländlichen Abschnitt. Manchmal nahm ich Günter mit, wenn ich nachmittags den Spielplatz gegenüber meiner Schule aufsuchte.

Dort gab es sogar riesige Schaukeln und Rutschen, monströse Klettergerüste und eine hölzerne Wippe. Unsere Lieblingsbeschäftigung war es, hemmungslos zu schaukeln, bis in den Himmel hinein. Ganz nah an der Unendlichkeit! Ein fröhliches Gelächter, wenn wir um die Wette flogen. Manchmal sprang ich während des Schaukelns nach vorne ab; es gelang mir, niemals missglückte ein Sprung. Während unseres Spielens musste ich schon auf Günter aufpassen, damit er keine Dummheiten machte. Aber ich hatte alles im Griff, auch an diesem Tage. Er hatte Spaß und kicherte vor sich hin, als ich mich gerade umdrehte. Dann plötzlich hörte ich einen dumpfen Aufprall. Stille, und dann ein heller Aufschrei. So laut und schrill, dass es mich schauderte. Sofort rannte ich zu meinem Brüderchen hin, kniete nieder. Zwei ältere Jungen standen fragend um uns herum, als ich Günter aufhob und ihn in meine Arme legte. »Ella, es tut so weh, hilf mir, schnell!«, jammerte er erbärmlich. Entsetzen packte mich, als ich sah, dass ein großes Loch oberhalb seiner Nase herausklaffte. Blut strömte heraus, entsetzlich! Günter hatte einen Sprung gewagt und war dabei mit dem Kopf auf einen großen spitzen Stein gefallen. (Für mich damals ein großer Stein!) Was hatte ich nur angerichtet?! Meine Hand drückte auf seine Wunde, er schrie grell auf. Mir blieb nur eines: schnellstens nach Hause! Ich erklärte Günter, dass er ganz tapfer sein musste. Er meinte mit zittriger Stimme, er würde alles tun, was ich ihm sagen würde, damit ich ihn retten könne. So standen wir auf, der Kleine etwas wackelig, meine Handfläche auf sein tiefes Loch gedrückt, mit der anderen Hand stützte ich ihn. So gingen wir raschen Schrittes nach Hause, das Jammern neben mir, und immer wieder liefen Blutstropfen aus der Wunde. Seine Kleidung war wüst verspritzt. »Wir haben es bald geschafft, dann wird alles wieder gut«, beruhigte ich Günter. Wie lange waren wir gelaufen? Unendlich! Und mein Brüderchen hatte es geschafft: Unsere Straße in Sicht, Minuten später die Türklinke in der Hand, mein lautes Rufen: »Maminko, Günter ist verletzt!« Als ich sie sah, sagte ich sofort: »Ich muss dir ein Geständnis machen, ich bin schuld daran. Wirklich, diesmal war's ich!«

An den weiteren Ablauf kann ich mich nicht mehr genau erinnern. Mein Brüderchen wurde schnellstens verarztet, und der Doktor bescheinigte, dass es gar nicht so schlimm war. Von diesem hochdramatischen Tag an behütete ich Günter wie einen seltenen Schatz, den es zu beschützen galt. Ich war der Schutz vor allem Bösen! Ich wollte, dass es ihm niemals mehr so schlimm ergehen sollte, ich wollte der Schutzmantel für ihn sein. Er war doch so hilflos, so zart und so klein!

Das Ende – der Anfang

Hatte ich laute Geräusche gehört? Ich setzte mich im Bett auf, noch schlaftrunken tappte ich über den Boden, öffnete die Tür, die auf den winzigen Flur führte. Langsam und barfüßig ging ich die Treppe hinunter. Nun hörte ich die Stimmen von Maminka und Tatinek. An der Tür blieb ich stehen und lauschte. Erschrocken durch den Zynismus ihrer Worte, welcher durch die geschlossene Tür dumpf zu mir drang, riss ich die Tür auf und hatte beide in flagranti »erwischt«!

Im selben Moment lächelten beide und sagten: »Guten Morgen, Heluschka.« Hatte ich geträumt oder wurde meine Welt immer undurchsichtiger? Wo war Traum, wo war »Jetzt und Hier«, und gab es eine Grenze? Ich war total irritiert, angehäuft mit ideologischen Kämpfen. Welche Ursprünge des Seins und Lebens herrschten bei Tatinek und Maminka? Dies blieb eine kleine Episode, dir mir jedoch noch lang hinterherhing.

Die hohen Wellen prallten auf den Sandstrand, der kühle Wind streifte meine Wangen und um mich herum lauter freudige Kinder. Wir waren eingehüllt in Regenjacken, Wollmützen und Gummistiefeln. Vor mir tobte mein Brüderchen, der gerade eine herannahende Welle erschrecken wollte, doch im allerletzten Augenblick Richtung Düne rannte. Keine schwesterliche Fürsorge – wie schön –, denn mir war es möglich, ungebunden zu sein, da wir in Begleitung von Erwachsenen waren. Sie nannten sich »Erzieher«. Schon etwas komisch, dieser Name, dachte ich mir. Was die sich immer für eigenartige Namenskonstellationen ausdachten, hier in diesem fremden Land. Na ja, jedenfalls einige Tage zuvor standen wir noch völlig beeindruckt am Kai. Das allererste Mal sahen wir vor uns nichts als das Meer bis zum Horizont: die Nordsee! Nachdem Maminka sich von Günter und mir innig verabschiedet hatte, betraten wir das große Schiff. »Huj, das wackelt ja«, stellte ich belustigt fest. Auf dem Deck angekommen, lehnten wir uns vorsichtig an die Reling und winkten Maminka so lange nach, bis die nur noch als minikleiner Punkt zu erkennen war. Tränen liefen meine Wangen hinab, denn der Abschiedsschmerz war groß. Günter neben mir grinste und zeigte auf die wild tosenden Wellen, die bei jedem Aufprall gegen das Schiff zu schäumen begannen. »Guck mal, Ella!« In die dunkle Tiefe schauend, konnte ich leider keinen Fisch entdecken.

Langsam wurde mir kalt, wir beide wurden von einer jungen Frau in die Wärme geführt, dort saßen bereits die anderen Kinder. Wir setzten uns brav auf eine Holzbank neben eines der Fenster, das Meerwasser wollüstig dagegenpeitschend. Es durchzuckte meinen Körper, mein Herz galoppierte wie wild. Diese lebhaften ruckartigen Bewegungen des Schiffes ließen uns von einer zur anderen Seite schaukeln. »So sieht es also auf See aus: blau-grau und so unendlich weit«, grübelte ich nachdenklich. Unkenntlich auch das Ende des Meeres. Bald waren wir nur noch von Wellen umgeben und über uns die weißen, laut kreischenden Vögel.

»Ella, das ist total witzig. Ich will auch eine Welle sein.«

»Was der Kleine wieder für eine komische Idee hatte, viel zu kalt, brr!«, dachte ich. Aber nachdem ich so eine geraume Zeit dem Schauspiel zugeschaut hatte, verstand ich, was er meinte. So ein kluger Bursche. »Dann könnten wir beide wie die große Schwester Welle und der kleine Bruder Welle einen hitzigen Tanz vollbringen«, stimmte ich ihm nach einer Weile zu. Jedoch ich flüsterte es Brüderchen leise in sein süßes Öhrchen.

»Ja, ich auch«, grinste er spitzbübisch. Trotz der Einsamkeit gab es keine Stille, denn das rätselhafte Meer heulte, pfiff und grölte. So etwas Einzigartiges hatte ich bis dahin noch nie gesehen. Diese Welt hatte rein überhaupt nichts mit meiner poetischen Wald- und Berglandschaft gemeinsam. Meine Sinne waren zerstreut, denn es war mir nicht möglich, diese gewaltige Macht zu erklären.

Die Fahrt war nach einer langen Ewigkeit beendet und wir balancierten über das Holz- und Metallgestänge zum sicheren Land hinüber. Ich nahm langsam die neue Umgebung wahr: Wir waren auf einer kleinen Insel »gelandet«. Die Luft roch frisch und leicht salzig, die ich als berauschend empfand. Ich atmete tief ein und es durchflutete mich abermals ein Hochgefühl. Trotz der Kälte hatte ich sofort mit dieser Insel Freundschaft geschlossen. Die Erwachsenen, die auf uns aufzupassen hatten, stellten uns in Zweierreihen auf und befahlen sanft, still und ruhig zu stehen, bis der kleine Bus vorfuhr. Wir stiegen hinein. Die Koffer gut verstaut, fuhren wir an Deichen, winzigen Häusern und Dünengebilden vorbei, in das Inselinnere. Endlich an unserem Ziel angelangt, stand ich wie gebannt vor dem altertümlich-großen Gebäude. Das sollte für sechs Wochen unser neues Zuhause werden. Obwohl ich mich geborgen fühlte, ging ich etwas sträubend die Treppe empor.

Mittlerweile waren Tage des Eingewöhnens vergangen. Wir unternahmen jeden Tag einen ausgedehnten Spaziergang zum Strand, der mich in seinen Bann zog. Es gab herrliche Muscheln, die überall im Sand verstreut waren. Sie waren groß, klein bis winzig, rötlich, weiß oder grau. Eine neue Welt eröffnete sich meinen Augen; sie war wundervoll und die jungen Erzieherinnen machten mit uns jeden Spaß mit. Es war total lustig.

»Schau, hier ist wieder so ein geheimnisvoller Stein!«, rief ich meiner neuen Freundin zu.

»Ich hab auch schon ganz viele gesammelt, guck!«

Unsere Augen strahlten, wir waren glückliche Schatzsucher. Mein Lieblingsobjekt war die Schneckenmuschel, denn wenn ich sie ganz dicht an mein Ohr hielt, hörte ich darin das Meer rauschen.

»Das ist ja fantastisch!«, stellte ich beim ersten Mal jubelnd fest. Es gab so viele schöne Dinge, die ich entdeckte: kriechende kleine, hart gepanzerte Tiere, die ganz viele Scheren an ihrem Körperenden hatten, sie hießen Krebse, und auch große Steine mit geheimnisvollen Lochformationen. Einen dieser Steine nahm ich mit, denn ich konnte ihn als Stifthalter benutzen. Phänomenal! Wie war es der Natur möglich gewesen, solch einen löchrigen Schliff »anzufertigen«? Die salzig frische Brise atmete ich genüsslich ein und träumte von ungewöhnlich aussehenden Fischen, von dahinschwebenden Booten und bunten Vögeln. Als der frühe Abend anbrach, wurden wir wieder »brav« und gingen in Begleitung unserer Erzieher zu unserem Jugendheim zurück.

Günter hatte seinen Wirkungskreis gefunden und war auch mit anderen Jungen seines Alters in einem Zimmer untergebracht. Tagsüber spielten wir mit interessanten Sachen, bastelten für das herannahende Weihnachtsfest, machten Gruppenspiele, oder die nette Erzieherin mit den langen schwarzen Haaren brachte uns mit ihren Geschichten zum Lachen. Gerade diese junge Frau, Gitta hieß sie, gab mir das Gefühl, zu Hause zu sein, denn sie war sehr humorvoll, genau wie Maminka, ein Bündel aus Freude und Witz. Manchmal umarmte ich sie aus heiterem Himmel, weil sie mein Herz berührte. Ich war nicht alleine. Die ersten Nächte konnte ich nicht richtig schlafen, geschweige denn Brüderchen. Dieser lief auf den Gängen herum und hatte riesigen Spaß daran, die Erzieher durch seine Versteckspiele auf Trab zu halten. Das war mir sehr peinlich. Trotz meiner Bitte, er solle doch im Bett liegen bleiben, wie wir alle, trieb er sein Katz-und-Maus-Spiel auf die Höhe. Eines Nachts hörte ich wieder die lauten aufgeregten Stimmen auf dem Gang durch die Zimmertür durchdringen, einen hochdramatischen Aufschrei und dann plötzlich Stille. Ich musste ein paarmal trocken schlucken. Was ist mit Brüderchen jetzt geschehen?

Am nächsten Morgen rannte ich, sofort nach dem Aufstehen, zu Günter und sah, was mit ihm geschehen war: Sie hatten ihn einfach mit Bändern am Bett festgeschnallt. »Wie konnten sie dir das nur antun, armer Günter!«, rief ich erschrocken aus. Er wirkte übernächtigt und sein Blick war sehr traurig. Er lag gedemütigt und stumm in seinem Bett und ich vernahm seine Verzweiflung, nicht ergründen zu können, warum ihm dieses angetan wurde. Eine Erzieherin befreite ihn aus der Isolation, ich drückte Brüderchen zärtlich an meine Brust und streichelte ihm liebevoll über die Haare bis zum Nacken hinunter. »Es wird nie wieder geschehen«, versprach ich ihm mit weicher und tröstender Stimme. »Ja, Ella, nie wieder«, antwortete er mit verletzter und hilfesuchender Stimme. So hatte ich Brüderchen bisher nicht erlebt. Er war in diesem Moment zerbrechlich wie ein hauchdünnes Glas. Ich streichelte ihn weiterhin, bis sein kleiner Körper entspannte. Danach stellte ich fest, dass Günter tatsächlich reizend und liebenswürdiger geworden war, besonders wenn es gegen Abend ging, und es gab keine Wiederholung dieser entarteten Zerstörung einer kleinen Menschenseele!

Die darauffolgenden Wochen wurden ausgefüllt mit den Vorbereitungen für das bevorstehende Weihnachtsfest. Jede Gruppe hatte sich ein Thema ausgesucht, welches am Heiligen Abend vorgetragen werden sollte. Vorherrschend auf den Gängen und in den Spielzimmern die aufgeregte Stimmung und der ungebrochene Eifer. Wir Kinder waren hell begeistert und die Unterstützung unserer Erzieher war uns sicher. Wir fieberten »dem« Tag entgegen.

»Ella, schau mein Kostüm an, hab ich selbst gebastelt!«

Na ja, so auch wieder nicht: Er hatte Hilfe von Gitta bekommen!

»Klar, schön«, so meine trockene Antwort mit einem lieben Blick zu ihm werfend. Man, was konnte der strahlen! Ein klein bisschen Liebe und der dreht schon gleich durch! Also die ganzen wilden Vorbereitungen, und dann das!

Zwei Tage vor unserer Aufführung kamen überall aus meiner Haut rote juckende Pünktchen herausgewachsen, einen schlechter passenden Zeitpunkt hätten sich die »Windpocken« wohl nicht aussuchen können! Sofort wurde ich auf die Isolierstation in ein komisches »Krankenbett« verfrachtet. Dort blieb ich zwei Wochen, ohne je ein anderes Kind gesehen zu haben, außer meiner Gitta. Ich war zutiefst betrübt, aber sie erklärte mir, dass diese Maßnahme nötig sei, damit ich andere Kinder nicht anstecken konnte. Die schönste Nachricht, die sie mir aus meiner Kinderwelt mitbrachte, war die, dass unsere

Gruppe den ersten Preis gewonnen hatte. Ich fühlte mich stolz.

Abgemagert lag ich in diesem schrecklichen Bett mit den vielen Briefen und Postkarten von Tatinek und Maminka. Maminka war auch gerade in den Ferien, denn sie schrieb, dass sie sich wunderbar erholte, wir ihr jedoch sehr fehlen würden. Ich vermisste sie auch schrecklich. Wie sollte ich nur Tatineks Briefe verstehen, denn sie waren voller Liebe und Verlangen, und dieses »Wenn ihr dann wieder zurück seid, nehme ich Günter und dich mit« las ich laut, immer wieder und immer wieder. Die Tragik lag darin, dass Tatinek schon längere Zeit von seiner Arbeit nicht mehr nach Hause kam, und das hatte mich schon vor unserer Reise beunruhigt. Sollte ich ihm unterstellen, mich nicht mehr zu lieben?! Warum diese Trostlosigkeit? Warum dieser schrecklich schmerzende Dorn in meinem Herzen? Seine geschriebenen Zeilen erfüllten mich in dieser schweigenden Zeit mit Hoffnung. Dann kam der Tag meiner endgültigen Genesung, und die Tür zur Freiheit wurde von Gitta aufgestoßen und ich stürmte hinaus, freudig, endlich alle wiedersehen zu können. Sie hatten mir sehr viel zu berichten und ich hörte gespannt zu. Ein Bild nach dem anderen reihte sich deren Schilderungen an. Unsere letzten Strandwanderungen genoss ich in vollen Zügen: Ich atmete tief durch und schloss die Augen dabei, lauschte der Brandung und den Möwen. Der Abschied war kurz, aber diese kleine unscheinbare Insel blieb in meinen Gedanken fest eingeschlossen.

»Da ist Land, schau!«, rief Günter und stürzte sich ans Fenster, auf der Holzbank stehend.

»Ja, wir sind wieder zurück«, erwiderte ich verträumt. In Begleitung von Gitta – »Sie wird mir fehlen ...« – gingen wir den Schiffssteg hinunter, und als ich Maminka und Tatinek erblickte, wurden meine Schritte immer schneller. Mein Brüderchen und ich fielen – nachdem wir keuchend bei ihnen angelangt waren – erst Maminka und dann Tatinek in die Arme. Als wir voneinander ließen, spürte ich eine rivalisierende Stimmung. Maminka hielt Günter fest an sich gedrückt, ich neben ihr stehend. Tatinek direkt vor uns.

»Was ist los?«, fragte ich mich innerlich. Ich glaubte in einem Albtraum versunken zu sein, während ich mich langsam einige Schritte von ihnen distanzierte. Waren das meine Eltern, die sich mit zweideutigen Worten beschimpften, unzusammenhängende Worte sprachen, niveaulos handelten und jeder dem anderen furchtbare Dinge unterstellte, von denen ich nichts, aber auch gar nichts verstand. Diese zeitlose Passage endete mit einem lauten »Nein« von Maminka. Sofort war ich in der wirklichen Welt gelandet. Kurz darauf fuhren Maminka, eine Freundin von ihr, Günter und ich mit dem Auto fort, und ich sah, als ich aus dem Rückfenster hinausschielte, Tatinek am Kai stehen, ratlos und traurig.

Zu Hause angekommen, hatten wir uns sehr viel zu erzählen. Auch wirkte Maminka erholt und bezaubernd hübsch. Günter war unbestreitbar der

Mittelpunkt, denn er hatte die angeborene unverfälschte Gabe, alles Erlebte so herzzerreißend und lebendig zu schildern, dass wir beide ständig lachen mussten. Darüber hinaus vergaß ich für kurze Zeit meinen Tatinek!

Das Frühjahr brach an: Eine bunte Welt stand zu meinen Füßen. Ich vernahm die wachsende Blumenwelt, tobte und war wohl die Schnellste im Laufen in unserer Straße. Der Sommer brachte die lang ersehnte Wärme und die wunderschönen Sonnenuntergänge. Ich tollte, lief barfüßig und wurde zur guten Fußballspielerin antrainiert. Der Herbst mit seinem rotbraunen Laub und den morgendlichen Nebelwolken läutete bereits den Winter ein. Wir mussten uns wieder wärmer kleiden und früh zu Bett gehen. Das war nervig. Günter hatte auch ein sehr schönes Jahr verbracht und ohne größeres Aufsehen … und älter ist er auch noch geworden, also ein bisschen vernünftiger!

Maminka erzählte uns in einem ruhigen Moment eine Geschichte über Tatinek. »Hört gut zu, Tatinek bleibt jetzt ganz lange von uns fort. Seid nicht traurig, vielleicht kommt er schon bald zurück.« Ihre Stimme war gebrochen und gefasst. Sie nahm uns in die Arme. Ihre Tränen blieben mir nicht verborgen. Damals, als beide uns am Kai abholten und nur Maminka mit uns nach Hause zurückkehrte, erschien auch unser Tatinek einige Zeit später.

»Günter, komm schnell, Tatinek ist da, mach schon, nicht so langsam!«

»Jippie, endlich!«, rief er jauchzend.

Mein Herz klopfte panisch und im Nu waren wir bei ihm am Auto angekommen. Das war eine Wiedersehensfreude!

Die Monate danach: ein Kommen und Gehen von Tatinek, da er immer hoch in den Norden musste, zum Arbeiten. Maminka hatte auch ihre ständigen Arbeitsschichten und das tägliche Drumherum. Aber nun sagte sie, Tatinek würde eine ganze lange Zeit nicht nach Hause kommen – wie sollte ich das überstehen? Wie?!

Selbstverständlich hatte ich bemerkt, dass meine kleine behütete Welt so langsam einzustürzen drohte, aber ich verstand nicht das »Warum«. Es tobte ein bitterböser Sturm in mir, meine verzweifelten Fragen blieben unbeantwortet. Dabei liebte ich Tatinek doch über alles!

»Ella, ob Tatinek wieder was Wunderschönes mitbringt, wenn er wiederkommt?«, fragte Brüderchen, als ich gerade am Einschlafen war. Ich über ihm liegend: »Bestimmt, und dann dreht er sich wieder mit mir.«

Zu unserer großen Freude holte Tatinek Günter und mich manchmal ab, und dann fuhren wir gut gelaunt in seinem Variant-Kombi dorthin, wo er immer arbeitete. Dort roch es nach Kühen und frischem Wind, die Landschaft war flach und gelegentlich durch kleine Hügel aufgelockert. Begeistert war ich jedoch über das andere Meer, genannt Ostsee, wo wir drei ab und zu hinfuhren und wunderschöne Stunden mit unserem Tatinek verbrachten. Eines irritierte mich: Brüderchen hatte die neue Angewohnheit, Tatinek »Papi« zu nennen. Eine komische Bezeichnung, war hier in diesem Lande bedauerlicherweise üblich. Wir verbrachten dann die zwei Tage auf einem Bauernhof, wo Tatinek ein kleines Zimmer bewohnte, und er hatte viel Zeit für uns! Ich sog diese kurze Phase des Glücklichseins ganz tief ein, um später davon zehren zu können. Doch der Ruhm vergangener Zeit schwand, eine drastische, tief einschneidende Veränderung stand uns bevor, ich spürte die herannahende Vernichtungswelle. Optimismus passé. Denn es erschien mir merkwürdig, dass entweder Tatinek und wir Geschwister oder Maminka, Günter und ich zusammen waren, aber niemals mehr zu viert! War das nur ein vorübergehender Zwang, der sich schon bald auflösen würde? Die Harmonie vergangener Tage, die wir gemeinsam, als unzertrennliche Familie erfuhren, war nur noch ein zerfließendes Gebilde, eine Erinnerung. Manchmal wollte ich laut aufschreien, den quälenden Kummer von meiner Seele forttragen. Ich hoffte, bald diesen würgenden Zustand verlassen zu können.

»Maminka, ich freue mich schon auf den Weihnachtsmann!«, sagte ich glücklich. Als es dann endlich so weit war, warteten mein Brüderchen und ich vergebens auf Tatinek. Er kam nicht, auch wenn Maminka es schon verkündet hatte, so lag doch noch der Wunsch in meinem Herzen. Plötzlich hörten wir

Geräusche im Wohnzimmer, wo auch der Christbaum stand. Günter und ich aßen schneller von unseren Tellern. Trotzdem nahm ich mir noch ein Stückchen vom leckeren handgemachten Knödel.

»Mensch, nun mach schon!«, rief Günter gereizt aus und rutschte von einer auf die andere Pobacke.

Ich versicherte ihm, bald fertig zu sein, und schob das letzte Stückchen in den Mund, schloss die Augen und kaute genüsslich, bis es zum Hinunterschlucken bereit war. »Lecker war das, Maminka!« Ich schaute sie dankbar an. Nun waren wir aber alle nicht mehr zu halten und stürmten das Wohnzimmer, in dem der bunt geschmückte Tannenbaum stand und im Hintergrund leise eine Weihnachtsmelodie erklang. Das kleine Engelchen am Tannenzweig baumelnd, die silbernen Kugeln wippend, die Kerzen leuchtend und natürlich die kleinen Päckchen unterm Baum ließen uns staunend entzücken. Vor lauter Glück vergaßen wir für einen Augenblick unseren Tatinek. Doch für mich war er anwesend, nämlich ganz tief in meinem Herzen! Der Heilige Abend war wunderschön, doch wenn ich so hinausschaute, vermisste ich die schneebedeckten Berge, die sich weit dahinzogen, die friedliche Waldlandschaft und unser märchenhaftes Tal. Es war weit weg … so weit weg … niemals mehr erreichbar … die Heimat.

Gerade pfeifend und hüpfend aus der Schule gekommen, die hintere Eingangstür zur Küche geöffnet, sah ich Maminka am Küchentisch weinend sitzen.

Sie stützte ihren Kopf in ihren Handflächen ab. Es war ein Angst einflößender Moment. Langsam ging ich auf sie zu, und erst einen Schritt vor ihr nahm sie mich wahr. Maminka hielt erschrocken inne und starrte mich an. Meine großen blauen Augen fragten. Aber es herrschte eine bedrückende Stille, die ich nicht wagte zu unterbrechen. Maminka wischte sich schnell die Tränen weg und schniefte, sie versuchte mich lächelnd zu begrüßen. Ratlos stand ich da und ein schrecklicher Gedanke jagte den anderen: Ist Tatinek oder Günter was Schreckliches passiert?! Oder müssen wir hier fortziehen, da die Menschen unsere Andersartigkeit nicht mögen? Oder hat Maminka Schmerzen?

»Was … ist geschehen?«, fragte ich endlich zögerlich.

Maminka streckte ihre Arme nach mir aus, zog mich so stark an sich, dass ich das Gefühl hatte, sie müsste sich fest an mich klammern, um nicht unterzugehen, wie an einem hoffnungsvollen Rettungsring. Sie drückte mich so fest an sich, dass ich schon beinahe keine Luft mehr bekam. Ihr Herz raste und ihr Atem war schnell, gefolgt vom Schluchzen.

Dann das: »Günter … Günter ist heute … er ist von Tatinek abgeholt worden … und … und er kommt nie mehr zurück!«, stotterte sie unter so vielen Tränen.

»Ja, aber was hatte sie gerade quälend ausgesprochen?, fragte ich mich irritiert. Warum hat Tatinek Günter mitgenommen? Warum nie mehr zurück? Wir sind doch vier zusammen?! Stopp! Ich muss einen klaren Gedanken fassen, widerstandslos korrigieren!«

Maminka hatte die Umarmung langsam gelöst, ich drehte mich um und spitzte die Ohren. Es war tatsächlich sehr ruhig im Haus, ungewöhnlich ruhig. Mein Blick tastete jeden Winkel der Küche ab. Dann wurde mir schmerzlich bewusst, dass Maminka tatsächlich die Wahrheit gesagt hatte, und noch in derselben Sekunde stimmte ich ins jämmerliche Weinen mit ein. Jetzt war ich diejenige, die fest und stark gehalten werden wollte, so arg wie möglich, damit ich nicht zu fallen begann! Da saßen wir beide, ich auf Maminkas Schoß wie ein Häufchen Elend, und ließen unserer Trauer und Traurigkeit freien Lauf. Wie sollte ich die vielen Tage, Wochen und Monate – gar Jahre! – ohne diesen kleinen süßen Strolch überleben? Brüderchen hatte doch einen ganz besonderen Platz in meinem Herzen! Hatte ich nicht Tatinek heiraten wollen, wenn ich groß sein würde? Ich hatte ihn doch so unendlich lieb und hoffte doch noch immer auf die tollen Kunststücke: auf seinen Beinen und Händen liegend und stützend! Sollte ich in die Realität einwilligen und einfach so sang- und klanglos aufgeben? Wurde ich ins Erwachsenwerden schonungs- und ahnungslos getrieben, eine neue Welt ohne Stützen?

So beschloss ich zu emigrieren und mir eine neue Heimat zu suchen, die mich aufnehmen sollte wie einen seltenen Schatz, kompromisslos! Dieser neue

Fels in der Brandung würde meinen Wert erkennen und um mich ringen, um jeden Preis! Zu sehr war ich verletzt und verstand das Zerstörerische der Erwachsenen nicht. Tatinek und Maminka, Günter und ich, wo waren wir, einfach liegen gelassen, ohne zu wissen, dass wir doch noch so zerbrechlich waren. Warum wurde das Wunderbare vernichtet, die Zusammengehörigkeit, die gemeinsame Kraft, die Hoffnung auf eine neue Heimat? Meine verzweifelte Suche nach wahrhaftiger Liebe begann!